U0691493

中 华 好 诗 词

中华好诗词

咏怀卷

多少事欲说还休

吕文秀 编著

中国文史出版社

前言

　　"咏怀"一词，在诗中最早始于魏晋诗人阮籍的八十二首《咏怀》组诗。清代学者沈德潜评价道："阮公咏怀，反覆零乱，兴寄无端。和愉哀怨，杂集于中，令读者莫求归趣。"虽然主旨难求，但的确呈现出诗人对人生、时代以及历史的深沉思索。在那个号称"文学自觉"的时代里，文人第一次全面审视自己的内心，并对自己与这个世界的关系有了全方位的思考。其内心最隐秘最难以言说的部分才由此在诗中得以展现。唯有如此，中国最早的诗学经典《诗大序》中标榜的"诗言志"才有可能在诗歌中找到例证。

　　正因为咏怀诗如实地表现了诗人的内心世界，透过咏怀诗，我们可以看见一个个真实的、有血有肉的诗人形象，甚至会改变长期以来由于各种原因而形成的刻板印象。如陶渊明，一直以来就被当作一个淡泊的隐逸高士，从他的"日月掷人去，有志不获骋""刑天舞干戚，猛志固常在"中，就可发现这是一个热血未冷、时时欲奋发有为的有志之士。再如李清照，从来都被当作婉约派词人而名标词史，但我们还可以从她的词中找到"九万里风鹏正举，风休住，蓬舟吹取三山去"这样气势磅礴的句子，那么，李清照到底是何等词人，豪放、婉约又该如何划分，想必都会引起更深的思考。如是种种，阅读本书，定会发现诗人的多重形象，发现他们就如普通人一般生活在我们身边，从古诗到现实的距离也并不遥远。

本编所选的咏怀诗多浓缩着诗人们对人生的透彻思考。摊开此书，会看到古来那些最优秀的诗人们将其历尽一生而体会出的人生智慧，以诗意的形式呈现在我们面前。如苏东坡在饱受坎坷后还高唱"九死南荒吾不恨，兹游奇绝冠平生"，足以启迪我们以另一个角度来看苦难；黄庭坚处理官员身份与归隐理想的矛盾时说"痴儿了却公家事，快阁东西倚晚晴"，堪称公事平衡的一个样板；而李贺在《苦昼短》中感叹"吾不识青天高，黄地厚，唯见月寒日暖，来煎人寿"，又让人们意识到时间的无情，从而激发起及时努力的信念。可以说，本编所选咏怀诗大多诗情与哲理兼备，是古代诗歌王国中直面人生而有益于世之作。

本编命名为"咏怀卷"，所选诗歌需表现出其对时间意义、生命价值、个人境遇的深切感慨，力求以此窥探出其对自我最真实的认识与定位。关于选诗标准，有两点需要说明。其一，优秀的诗人必然是感情充沛的群体，人间万事都会触动其诗思，从而诉诸笔端。然因为本编关注的是诗人的自我认知，是对安身立命之道的追寻，可以说属于以个人的独立身份思考世界与宇宙，故而凡是涉及与国家、家乡、宗族、朋友等带有群体性的感怀之诗，皆不在所选之列。其二，中国诗歌的一大讲究是轻议论，重描写；戒直露其辞，崇含蓄有味。诗人感情的表达常常要借助对其他客体的描写，最终获得隐晦的呈现。如咏物、山水、田园、咏史、怀古等诗歌，表面上是写风物、写风景、写历史足迹，实际上都是为咏叹怀抱而服务的。为避免选目的冗杂，也为使咏怀诗名副其实，本编所选诗歌均是正面刻画诗人的心怀，都呈现出诗人极高的艺术才华。正是这些丰富而优秀的作品，证明心灵世界也是值得深入刻画的角落，细致地陈述隐秘的内心也可感动读者之心，同样具有极高的审美价值。

目　　录

诗　经　篇

汉魏六朝诗篇

唐 诗 篇

宋 诗 篇

元 曲 篇

明清诗篇

诗经篇

召南·小星

嘒彼小星，三五在东。肃肃宵征，夙夜在公。寔命不同！
嘒彼小星，维参与昴。肃肃宵征，抱衾与裯。寔命不犹！

《召南》据说是召公统治的南方地区的歌谣，东汉大儒郑玄在《诗谱》中说："得贤人之化者谓之《召南》。"其实未必，《召南》中也有相当多抒发个人怨愤而与"贤人之化"不同的诗歌，此诗即唱出了小人物的悲愤与怨怒。

全诗大意：东边天上，三三五五的星星还在发着微光。我却要急急忙忙地连夜赶路，就是因为我不分日夜都要处理公事的命运。我的命运实在是与常人不同！那发着微光的星星，是参星与昴星。我也只得背着被子与抱衾连夜赶路。我的命运实在比不上他人！

此诗写景开端，以情缩结，情景交融，很有感染力。全诗语言通俗易懂，情感简明，却也深刻地反映了下层小吏的悲苦命运。此诗特意撷取为了应付公事连夜赶路的细节，反复咏叹，则令人不难想象这些地位低微的小吏公事繁忙之程度，其奔波辛苦亦不言而喻。诗中虽未直言上层贵族对下层小吏的剥削压迫，但从"寔命不同""寔命不犹"两句中我们不难感受到诗人对劳逸不均的怨愤，亦可从中想象贵族的生活是怎样的骄奢淫逸！此时更深刻的意义不在于道出小吏的怨愤，而是要给在位者以警醒。正如孔子在《论语》中所讲的："闻有国有家者，不患寡而患不均，不患贫而患不安。盖均无贫，和无寡，安无倾。"若是一个国家长期劳逸不均、待遇不公，必将使人心动荡、政权不稳，怕是亡国不远矣。

邶风·北门

出自北门，忧心殷殷。终窭且贫，莫知我艰。
已焉哉！天实为之，谓之何哉！
王事适我，政事一埤益我。我入自外，室人交徧谪我。
已焉哉！天实为之，谓之何哉！
王事敦我，政事一埤遗我。我入自外，室人交徧摧我。
已焉哉！天实为之，谓之何哉！

《邶风》收录的是邶国附近的歌谣。本诗是一首下层官吏不堪政事和家庭的双重压迫而诉说自己愁苦的诗。诗中的下层官吏不仅政事繁忙，工作劳累，生活困苦，而且得不到家人的理解和关怀，内外交困，身心俱疲，愁苦之情无处排解。无可奈何之下，唯有归罪于天、自叹命苦的份儿。

全诗大意：我从北门出城去，心中烦闷多忧伤。既无排场又极为贫穷，可没有人能知晓我艰难。已经这样了啊，实在是天意如此，我能怎么办呢！上司私事派给我，朝廷公务也不断增加。我从外面回到家，家人还全都指责、讽刺我。已经这样了啊，实在是天意如此，我能怎么办呢！

全诗格调阴郁凄冷，刻画出一个下层官吏无奈而绝望的心境。诗歌一开篇便直言了下层官吏的心境"忧心殷殷"，极为简单明了，而其"忧心"的原因却更为复杂。在随后的叙述中，我们看到，这一切的造成，不是因为无家无业，衣食无着，而是一直忙于公事，却摆脱不了清贫的命运，更为难堪的是回到家中，还要面对家人无尽的指责与讥讽。如此境遇之下，难怪他会长吁短叹，痛苦难禁，发出"已焉哉！天实为之，谓之何哉！"的悲鸣，将失望的情绪烘托至极点。

全诗纯用赋法，直露地展现其面对的困境，没有借用任何比兴，仿佛其困苦之境不用修饰已经触目惊心，令人悲叹。尤其值得注意的是，这首短短的诗中连用了八个"我"字，足见诗人难以摆脱煎熬的焦虑心境。而三章的最后一句"已焉哉！天实为之，谓之何哉！"极为掷地有声，显得悲愤难平，将下层官吏在难以改变的困境面前的心酸无奈铺陈得淋漓尽致。在这绝望的呼喊中，我们不仅看到了一个小吏对命运的思考，也仿佛看到了一个王朝的根基已经动摇。全诗抒发的不仅是个人的不平，国家的命运似乎也在这无尽的哀叹中被定格。

王风·兔爰

有兔爰爰，雉离于罗。我生之初，尚无为；
我生之后，逢此百罹。尚寐无吪！
有兔爰爰，雉离于罦。我生之初，尚无造；
我生之后，逢此百忧。尚寐无觉！
有兔爰爰，雉离于罿。我生之初，尚无庸；
我生之后，逢此百凶。尚寐无聪！

《王风》是东周王室直接统治的今河南洛阳附近的诗歌。此诗表达了诗人本人在繁重徭役下的牢骚与控诉。风格悲凉，反复吟唱诗人的忧思，也正是《王风》中的黍离之悲，在感慨身世的同时，也寄托了对时势的愤慨。

全诗大意：那只兔子乐悠悠地走来走去，那只野鸡却掉入罗网中来。想我刚刚出生时，没有兵役没有灾。谁知从我出生后，各种苦难都遇见。于今之计，唯愿长睡不醒，再不管这世事纷纷。

此诗运用了典型的重章叠句的写法，在反复咏叹中表达出诗人心中的愤慨。每章皆以比兴起笔，描画了一幅生动的场景，让人忍不住好奇为什么兔子可以逍遥自在，雉鸡却难逃被捕捉的命运。两相对比，为后文写"生不逢时"奠定了感情基调，寄托了对旧时代的留恋与对当今之世的唾弃。随后提到的"为""造""庸"分别指兵役、劳役、徭役，这都是百姓生活中最为沉重的负担。诗人以此"我生之初"与"我生之后"两句形成鲜明的对比，暗示这些劳役都是现在才有的，在过去还有一个无有烦恼的黄金时代。在对比中直白地表达出对自己"生不逢时"的无奈和悲凉，毫不掩饰自己对过去的怀恋和对现在的厌恶，失望与愤慨之情溢于言表。从诗中我们不难发现，其实诗中主人公所求的并不多，他只是希望能够在没有在徭役、劳役、兵役的环境里自由自在地生活，可是黑暗的社会现实却让百姓苦不堪言，只好寄希望于能够"长睡不醒"，希望能够以此来逃避现世的苦难。这种绝望感和无力感，显得如此真实而不造作，深具现实主义的风格，对后世影响极大。如唐代大诗人杜甫的《兵车行》就说过："长者虽有问，役夫敢申恨？且如今年冬，未休关西卒。县官急索租，租税从何出？信知生男恶，反是生女好。生女犹得嫁比邻，生男埋没随百草。"最后给出了一个反常理的解决方案，实际上已经说明统治者的滥用民力破坏了正常的社会秩序，甚至摧毁了基本的社会形态，预示着一个乱世的到来。

魏风·园有桃

园有桃，其实之肴。心之忧矣，我歌且谣。
不知我者，谓我士也骄。彼人是哉，子曰何其？
心之忧矣，其谁知之？其谁知之，盖亦勿思！
园有棘，其实之食。心之忧矣，聊以行国。
不知我者，谓我士也罔极。彼人是哉，子曰何其？
心之忧矣，其谁知之？其谁知之，盖亦勿思！

《诗经》时代的魏地在今山西芮城一带。此诗吟唱的是忧身伤时之叹，共分两章，每章的意味基本相同，倾吐着诗人难以排遣的忧愁。

全诗大意：果园里长着桃树与酸枣，那果实真是美味佳肴。而我实在无心品尝，皆因我的心中充满着忧伤，我也只能在国中徘徊，不断地低吟浅唱着歌谣。不理解我的人啊，说我这人太骄狂。若是他们说得对，你说我该怎么办？我的心中很忧伤，谁又知晓这烦恼？我的忧伤谁知道，何不丢开全忘掉。

这是一首忧时伤己的诗，诗中多次写到"心之忧矣"，对自己的"忧"直言不讳，对自己"忧"的内容却未明言，但这并不影响我们理解主人公心中的忧伤愁苦之情。诗中主人公大有"举世皆浊我独清，众人皆醉我独醒"的讽刺意味，他诉说自己不被人理解的郁闷伤悲，十分哀婉无奈。桃树、酸枣树尚可结果供人食用，自己却不能使自己所想所忧所追求的被世人理解，世人甚至觉得他"骄"，觉得他"罔极"，他心中的郁愤不平可想而知。于是渐渐地，他甚至开始怀疑人生，怀疑自己："彼人是哉，子曰何其？"他们说得对吗？我该怎么办呢？这样的卑微委屈，实在令人怜惜。"其谁知之，盖亦勿思！"一种不被理解的孤独绝望之感跃然纸上，既然无人理解，不如就这样算了吧。全诗情感哀婉悲凉，沉重深切，展现了主人公内心无人理解的痛苦和矛盾，即使过去了千年，也让人读之哀伤。清代陈继揆《读风臆补》总结得好："是篇一气六折。自己心事，全在一'忧'字。唤醒群迷，全在一'思'字。至其所忧之事、所思之故，则俱在笔墨之外、托兴之中。"全诗正是在这反复转折追问中，将其心中的缠绵忧思展现在字里行间，极有感染力。

唐风·蟋蟀

蟋蟀在堂，岁聿其莫。今我不乐，日月其除。
无已大康，职思其居。好乐无荒，良士瞿瞿。
蟋蟀在堂，岁聿其逝。今我不乐，日月其迈。
无已大康，职思其外。好乐无荒，良士蹶蹶。
蟋蟀在堂，役车其休。今我不乐，日月其慆。
无已大康，职思其忧。好乐无荒，良士休休。

《唐风》收录的是春秋时期晋国的歌谣。因晋国的初封国君为唐叔虞，所以也称晋为唐。此诗是一首岁末抒怀诗，就其诗意而论，在劝人珍惜时光，勤勉于事。

全诗大意：蟋蟀在堂屋里叫，时光飞驰，一年又将到岁暮，那役车也要停在处所。有人说，今天我若不行乐，大好时光就要错过。可诸位要知道，行乐的时候也不可太过，还是要把分内之事做好。行乐终究不能误了正事，诸位君子要把这时刻警醒，随时勤奋，方能事事悠然。

全诗三章，每章八句，各章间只简单地改换了几个字，极有音乐的美感。诗人的情感脱口而出，坦率真挚，不加修饰。全诗主旨在劝诫之意，却没有死板压抑的感觉。每章以蟋蟀开头，蟋蟀鸣叫，岁暮将至，引发人们对时光流逝的怅惘。由此怅惘引出应趁时光正好及时行乐，情感转换自然流畅，浑然天成。但若此诗仅仅只是劝诫人们抓紧时间及时行乐，倒没什么新奇的地方了。此诗最大的可取之处便在于其"中庸"的思想，既要及时行乐，又要有所节制，不可忘却自己的职责，长存忧患意识。这应当是很理想、很令人羡慕的一种生活方式了，该工作的时候就努力工作，该休息的时候就尽情享受，其实勤勉和享受从来都不冲突。人生苦短，应当活得自由潇洒，无愧天地，亦无愧自己。这是一种有烟火气的生活方式，既肆意洒脱，又不超然于世，却也极难实行。"吾十有五而志于学，三十而立，四十而不惑，五十而知天命，六十而耳顺，七十而从心所欲，不逾矩"——贤明洞达如孔子，想要掌握这一平衡，也要到七十岁，更何况普通人乎？理想的生活状态终究是难追求的，对于普通人来说，只能是尽力接近这种状态罢了。

值得注意的是，此诗开头与下文若即若离，以感物惜时起笔引出述怀的写法，对汉魏六朝诗影响很大，如《古诗十九首·明月皎夜光》与阮籍的《咏怀》就是使用此法。可谓渊源长久，沾溉深远。

唐风·山有枢

山有枢，隰有榆。子有衣裳，弗曳弗娄。
子有车马，弗驰弗驱。宛其死矣，他人是愉。
山有栲，隰有杻。子有廷内，弗洒弗扫。
子有钟鼓，弗鼓弗考。宛其死矣，他人是保。
山有漆，隰有栗。子有酒食，何不日鼓瑟？
且以喜乐，且以永日。宛其死矣，他人入室。

此诗与上首同样出自《唐风》，却表达了截然不同的意旨。如果说上首还能劝人勤勉，此诗则在鼓吹及时行乐，且言语之意更为急切，钱钟书就评道："此诗亦教人及时行乐，而以身后危言恫之，视《蟋蟀》更进一解。"

全诗大意：那山坡上长有枢树、栲树、漆树，洼地中长着榆树、杻树、栗树。你有衣有裳，却舍不得穿；有车有马，却不骑也不驾。你就没想过，当有一天你死了，这些白白地让别人来享用。你有堂又有室，却不洒水也不打扫。你既有钟又有鼓，却舍不得敲与打。当有一天你死了，这些都将为别人占有。你既有酒又有菜，何不天天听着那音乐？就用它来寻乐吧，就用它来消磨时间吧。如若不然，当你有一天死了之后，也只能让别人来住进你的家。

关于此诗的题旨，历来众说纷纭。有学者认为这是一首讽刺贵族剥削者守财至死的可笑行为的诗，也有学者认为这是写一个人对其朋友只知守财不知合理享受行为的劝勉之语。但是无论属于哪种情况，都不影响对此诗的理解。因为无论是讽刺剥削者还是劝勉友人，终归是要落到死守钱财这一点上来。

不论是生性吝啬，还是崇尚节俭，抑或是忙于事务抽身乏术，只知守财不知合理享受都是有百害而无一利的。有衣服车马而不去使用，有房屋却不打扫装饰，有钟鼓乐器却不用来陶冶情操，有和没有又有什么区别？自己一天也没有享受过，待到百年之后，岂不是白白便宜了他人？这种"替他人做嫁衣裳"的事情还是不做为好。不仅仅是衣服车马这种身外之物，才华也是一样，如果不能合理地展示，又谈何大展拳脚兼济天下？而对于统治阶级来说，人才就好比衣服车马等钱财，如果不能合理的任用人才治理国家，和死守钱财又有何异？全诗意在告诫，对于普通人来说，不应一直过"葛朗台"式的生活，而应当在合理的范围内享受生活，过悠闲自在的日子；而对于统治阶级来说，则更为复杂，应勤修德政，合理运用国家资源，合理地任用人才，使国家强大，使百姓安居乐业。

小雅·北山

陟彼北山，言采其杞。偕偕士子，朝夕从事。王事靡盬，忧我父母。

溥天之下，莫非王土；率土之滨，莫非王臣。大夫不均，我从事独贤。

四牡彭彭，王事傍傍。嘉我未老，鲜我方将。旅力方刚，经营四方。

或燕燕居息，或尽瘁事国；或息偃在床，或不已于行。

或不知叫号，或惨惨劬劳；或栖迟偃仰，或王事鞅掌。

或湛乐饮酒，或惨惨畏咎；或出入风议，或靡事不为。

这首诗通过下层官吏对劳逸不均、待遇不公发出的怨言，揭露了统治阶级上层的腐朽和下层的怨愤，反映了统治阶级内部矛盾的尖锐。

全诗大意：登上高高的北山是为了采撷红红的枸杞，身强力壮的士子从早到晚都有公事要忙，没完没了的公事使我的父母为我担忧。普天之下的土地，没有一处不是国君所有，这土地之上的所有人，没有一个不是国君的奴仆，可因为大夫分配劳役不公，故辛劳的只有我一个。有的人在家享福，有的人为国事忙碌；有的人安睡在床，有的人奔劳不止；有的人听不到人们的哭号，有的人为受苦的人忧心劳累；有的人早睡晚起高枕无忧，有的人忙于国事长期操劳；有的人饮酒作乐，有的人提心吊胆；有的人进进出出放声高论，有的人忙里忙外万事都干。

此诗应出自一个下层官吏之手，诗中鲜明地控诉了种种不公平的现象，以朴素直白的话语道出，不使用任何修饰，就已具有极大的爆发力与感染力。前三章正面刻画出"士子"朝夕勤劳、四方奔波的疲乏面貌，喊出"大夫不均，我从事独贤"的呐喊。"嘉我未老"三句典型地勾画了大夫役使下属的手腕，他又是赞扬，又是夸奖，他们对士子的辛劳视而不见，他们只看到了士子还有被压榨的空间，大夫们居心不良的夸奖，使士子们的处境更加凄凉，活现了统治者驭下的嘴脸。下面则通过一系列的对比，道出这世间的事大多是不公平的。共有六组对比句，铺陈排比出十二种社会现象，每两种现象都是一对对比，将大夫和士子之间的矛盾简洁透彻地展现出来，使社会等级制度的不合理和不平等充分地暴露出来，虽未直言其后果危害，却更能引发人们进行深刻的思考。韩愈的长篇五言古诗《南山》中有两段便借鉴了《小雅·北山》中的这种写法，亦连用多个"或"字起句，构造两句成为一对对比的格式。但诚如沈德潜所批评："然情不深而侈其辞，只是汉赋体段。"韩愈的诗铺陈太过，太重辞藻，不如《小雅·北山》的情感流露自然深切。

小雅·何草不黄

何草不黄？何日不行？何人不将？经营四方。
何草不玄？何人不矜？哀我征夫，独为匪民。
匪兕匪虎，率彼旷野。哀我征夫，朝夕不暇。
有芃者狐，率彼幽草。有栈之车，行彼周道。

这是一首描写出役士兵对非人的行役待遇的抗议和控诉的怨诗。全诗以出征人的口吻来写，凄凄惨惨中隐藏着无可奈何的辛酸苦楚。

全诗大意：什么草不会枯黄？我有哪个日子不在奔忙？有什么人能不出征？我终日来往匆匆。什么草不会枯萎？什么人能不孤单？可怜我们这些出远门的人，孤独行走在旷野中，却不像个人。我们既非野牛，又不是虎，为什么要出没在那旷野。可怜我们出征的人工，从早到晚不休息。那毛发蓬松的狐狸，出没沿着那草丛。高大役车向前走，行驶在那大路中。

此诗以草起兴，来兴起征人的愁思。"何草不黄？""何草不玄？"如果说所有的草都会枯黄、枯萎，那么征人是为了什么要一直奔走不停歇呢？俗话说"人非草木，孰能无情"，可细细想来，征人们的生活其实还不如草木，草木尚且有枯萎休息的时候，可征人们呢？他们有休养生息的时间吗？为何他们要与野牛、老虎、狐狸这些野兽一样长年在旷野、草丛中奔走？难道征人不是人吗？哪里有人生来与野兽同命？可是征人们又能怎么样呢？他们根本没有能力改变自己的命运，除了一直走下去，他们别无选择，他们注定要在征途中度过自己的一生，只因为在统治者眼中，他们命如草芥。

全诗用反问的语调，描写了行役在外的征人们的悲苦生活，接连五个"何"字句使强烈的情感喷发而出，表达了征人们对遭受非人待遇的抗议。这种抗议不会有结果，征人们终究逃不掉"有栈之车，行彼周道"的宿命。《何草不黄》不是"念吾一身，飘然旷野"的个人悲剧，而是一场殃及全民的社会悲剧，在全民的毫无希望、无力改变现状的痛苦泣诉下，周王室的衰落腐朽暴露无遗。值得一提的是，恰恰是这些统治者眼中命如草芥的"民"最终见证了他们和他们政权的灭亡。正如清代方玉润《诗经原始》所言："纯是一种阴幽荒凉景象，写来可畏。所谓亡国之音哀以思，诗境至此，穷仄极矣。"

汉魏六朝诗篇

秋 风 辞

刘 彻

秋风起兮白云飞，草木黄落兮雁南归。
兰有秀兮菊有芳，怀佳人兮不能忘。
泛楼船兮济汾河，横中流兮扬素波。
箫鼓鸣兮发棹歌，欢乐极兮哀情多。
少壮几时兮奈老何！

刘彻（前156—前87），即历史上著名的汉武帝。其自十六岁登基以来，开创察举制，颁行推恩令，开辟丝绸之路，在文化上"罢黜百家，独尊儒术"，设立乐府，采集民歌，东并朝鲜，南吞百越，西征大宛，北破匈奴，开创汉武盛世的局面。公元前113年，刘彻率领群臣到河东祭祀后土。当时正值秋季，大雁南飞，触景生情，《秋风辞》因此而生。

全诗大意：秋风起，白云飞，草木枯黄，大雁南飞。兰花秀美，菊花芬芳，思念美人啊不能忘。乘着楼船在汾河上行驶，划动船桨扬起白色的波浪。吹箫打鼓唱起歌，欢乐至极多哀伤。年华老去无可奈何！

此诗开篇写景，秋风起、白云飞、草木落、雁南归几组景物动作，物换星移之间有种对时光流逝的淡淡的哀伤之感。楼船中歌舞盛宴热闹非凡，却以哀叹收场，当真是"乐极生悲"。其中如"兰有秀兮菊有芳，怀佳人兮不能忘"一句深受《楚辞》影响，继承《九歌·湘夫人》中的"沅有茝兮澧有兰，思公子兮未敢言"。当然其所怀之佳人，暗含着对青春的留恋与生命的感伤。古往今来，无一帝王不期盼长生不老，刘彻也不能免俗，对于长生不老他也有着执念，不然他也不会在晚年那般忌讳巫蛊之事。可惜青春难再，纵使站在权力之巅一生享尽荣华富贵，也无法抗拒衰老和死亡。此诗比兴并用，音韵流畅，情景交融，是中国文学史上"悲秋"的名作。

古诗十九首·青青陵上柏

青青陵上柏，磊磊涧中石。
人生天地间，忽如远行客。
斗酒相娱乐，聊厚不为薄。
驱车策驽马，游戏宛与洛。
洛中何郁郁，冠带自相索。
长衢罗夹巷，王侯多第宅。
两宫遥相望，双阙百余尺。
极宴娱心意，戚戚何所迫？

"古诗"本是后代人对于古代诗的普通称谓，汉人称《诗经》为古诗，六朝人也称汉魏诗为古诗。汉诗中有一批流传到梁、陈时代，不仅"不知作者"或作者"疑不能明"，而且连题目也失传了，对于这些诗，编集者便一概题为"古诗"。《古诗十九首》的来源也是如此，其最早出现在《文选》中。

全诗大意：陵墓上青翠的柏树，溪流里堆积的石头。人活在这天地之间，像匆匆远行的过客。斗酒能使心情愉快，虽少却不觉得寒酸。驾着破车驱赶劣马，一样可以畅游宛洛。洛阳城里如此热闹，达官贵人相互探访。大街上排列小巷啊，到处是贵族的宅子。南北两宫遥遥相望，其望楼高可达百尺。贵族们在尽情享乐，什么迫使我忧愁呢？

此诗从柏树、河石写起，感叹了人生之短促，如天地匆匆一过客，转瞬即逝。而正因生命短暂，才更应该及时行乐，"斗酒"虽"薄"，一样可以达到娱乐的目的，驽马虽劣，也不影响驾车出游的效果。然而此诗却"醉翁之意不在酒"，正如《诗经·国风·泉水》中所言"驾言出游，以写我忧"，此诗表面上在写要喝酒出游及时行乐，实际上下面要写的"忧"才是重点。繁华的洛阳城啊，达官贵人们互相探访。"冠带自相索"中一个"自"字就将贵族们趋炎附势、自成集团的情况表现得淋漓尽致。大街小巷啊，到处是贵族娱乐的地方，连"双宫"也不例外。既然贵族们都在极尽奢侈地宴饮享乐，我又有什么理由不继续"游戏"洛阳呢？又有什么能迫使我忧愁呢？

此诗中的主人公本想借出游行乐以消"生命短暂"之忧，却不想因为在洛阳城中看到了醉生梦死、极尽享乐、全无忧国忧民之意的贵族们而引发了更大的忧愁。"戚戚何所迫"有什么能迫使我忧愁呢？反问句结尾，将主人公因无力改变现状只好强打精神假装欢乐的无可奈何表现得尤为深刻，使全诗意蕴更为深远，余味无穷。

古诗十九首·今日良宴会

今日良宴会，欢乐难具陈。
弹筝奋逸响，新声妙入神。
令德唱高言，识曲听其真。
齐心同所愿，含意俱未申。
人生寄一世，奄忽若飙尘。
何不策高足，先据要路津。
无为守穷贱，坎坷长苦辛。

此诗从在一场宴会中的感受立论，表现出"贫士失职而志不平"的激愤心情。其语言之直白、感情之直露、思考之深刻，都在古诗中别树一帜。

全诗大意：今天的宴会真是很棒了，欢乐的细节简直说不完。筝曲的声调是多么飘逸，新编的乐曲巧妙得出神入化。有美德的人发表高论，知音者能体会出其中真意。大家有共同的心意，只是无法用语言把曲中的真理表达出来。人的生命短暂，只是暂时寄居在这世间，刹那间就会像尘土一样被风吹散。为什么不想办法捷足先登，抢先高踞要位呢？不要因为贫贱而忧愁苦闷，不要因为不得志而使自己受煎熬。

这首诗写了诗人在宴会上听曲，并就他对曲意的理解发表了一番言论。诗歌看似简朴，实则却婉曲；看似浅近，实则深远。此诗从宴会上美妙的新曲入手，将人人所想的曲中真意说了出来。"人生寄一世，奄忽若飙尘"，既然人在世上生活，就像是旅客住店一样，一会儿就会像尘土一样消散，那么为什么不捷足先登，抢先高踞要位？人生短暂，富贵可乐，何必长守贫贱，白白地使自己受苦难煎熬呢？此诗中所要表达的情感，和李白《春夜宴从弟桃花园序》中"夫天地者，万物之逆旅也；光阴者，百代之过客也。而浮生若梦，为欢几何？"似同而实异。此诗看似积极的劝慰开导之语下，有着无尽的嘲讽、愤慨和无可奈何。若非对当时的社会状况心灰意冷，诗人又怎会发出如此绝望的自嘲之语？此诗婉曲深远，含有深意，引人深思。

古诗十九首·回车驾言迈

回车驾言迈，悠悠涉长道。
四顾何茫茫，东风摇百草。
所遇无故物，焉得不速老。
盛衰各有时，立身苦不早。
人生非金石，岂能长寿考？
奄忽随物化，荣名以为宝。

此诗意境苍凉，在一派肃杀的气象中，抒发其对人生的强烈感喟。其间强烈的博取富贵的心情，与中国历代的主流价值观都不完全一致，但因直白而坦诚的书写，更有直击人心的力量。钟嵘评《古诗十九首》"惊心动魄，一字千金"，正来源于这样的诗句。

全诗大意：转回车子驶向远方，路途遥远难以到达。我看见四周茂盛的草木，春风吹得野草摇摆。我所遇见的都不是过去的事物，人怎么能不迅速衰老？盛衰有各自不同的时间，苦于建功立业的机会没有早早来到。人又不是金石，怎么能够长寿不老？人在刹那之间就要衰老死亡了，荣名却可以作为宝贝流传下去。

驾车远行，长路漫漫，回首环望只见旷野茫茫，百草随风摇曳，又是一年冬去春来。今年新生的草已经代替了以前的草，周围的景物自然也和自己记忆中的不一样了，一切的变化是这样的快，人的衰老又怎么能不迅速呢？盛衰变化有天时，人的夭寿也是注定的。而正是因为生命既脆弱又短暂，所以才要尽早地建功立业。人的身体会随着生命的终结而消亡，但荣名不会，荣名会流传身后。关于荣名，历来就有不同的理解，一说荣名即美名，另一说则认为荣名是指荣禄和声名。个人比较倾向于第一种说法，即结尾二句应意为：虽然人生短暂易逝，但还是要珍惜声名，以求死后留下美名。在汉末那个动荡不安的时代，文人们并未停止过对生命的思索。如果说人的身躯消亡是不可更改的宿命，死后倘若能留下一点美名为人们所怀念，那么这一生也就不能说是虚度了吧。

对于人生意义的思考，是困扰人类的一大难题之一，也许此诗乃至《古诗十九首》整组诗歌的魅力之所在便是在于对人生意义的探寻与思考吧。

古诗十九首·驱车上东门

驱车上东门，遥望郭北墓。
白杨何萧萧，松柏夹广路。
下有陈死人，杳杳即长暮。
潜寐黄泉下，千载永不寤。
浩浩阴阳移，年命如朝露。
人生忽如寄，寿无金石固。
万岁更相送，贤圣莫能度。
服食求神仙，多为药所误。
不如饮美酒，被服纨与素。

这首诗与《古诗十九首》中的另一首《青青陵上柏》在感慨生命短促这一点上有相似之处，但艺术构思和形象蕴含却很不相同。《青青陵上柏》的主人公游京城而慨叹，想到的可不仅仅只是死亡和未死之前吃好穿好的生活享受。

全诗大意：驾车来到上东门，遥望邙山上的坟墓。坟墓旁的白杨在风中发出萧萧声，松柏之间的路看起来阴森森的。墓里是死去已久的人，在坟墓里长眠仿佛陷入了无尽的黑暗里。深藏在黄泉下长眠，千年万年永远不醒来。大自然不停在运转，人的生命像朝露一样转瞬即逝。人的生命短暂仿佛只是暂时寄居在这世间，寿命不像金石那样坚固。一代一代的人生死相更替，圣贤也无法超越这一定理。服食丹药想要成仙，却常常被丹药欺骗。不如多饮美酒，衣着华美及时行乐。

诗中主人公驱车出了上东门，遥望城北，看见邙山墓地的树木，不禁悲从中来，《庄子》说"生死修短，岂能强求"，生命短暂易逝，死后便要长眠黑暗，的确令人哀伤。你看那圣贤也难逃一死，渴望长生不老炼丹问药终究是虚妄。生命一代一代的更迭是永恒不变的，既然如此，还不如饮美酒，穿绸缎，满足衣食口腹的欲望，图个眼前的快活。这首诗里不仅有诗人对人生如寄的悲叹，还隐含了诗人对生命的热爱，也表现了动荡混乱时期部分知识分子颓废消极的思想。

古诗十九首·去者日以疏

去者日以疏，来者日以亲。
出郭门直视，但见丘与坟。
古墓犁为田，松柏摧为薪。
白杨多悲风，萧萧愁杀人。
思还故里闾，欲归道无因。

这首诗和《古诗十九首·驱车上东门》有点类似，由于出城到郊外，看到坟墓，有感于人生如寄。但此诗不仅仅只是感叹人生如寄，除却关于死生夭寿的思考，此诗更多了一些对世道艰难混乱的愤懑和思乡不得归的苦痛忧愁。

全诗大意：少年时的青春岁月离我越来越远了，老年的岁月却一天一天在临近。走出城门来到郊外，放眼望去只看见遍地的荒丘野坟。古墓被犁成了耕地，墓地旁的松柏被摧毁成了柴薪。白杨树在风中发出声响，那萧萧悲凄的声响使人忧愁。客居异乡的我想返回故乡，却已找不到回家的路了。

东汉末年是一个大动乱的时代，敏感的文人们在动乱中最容易感受到人生的短促、生命的脆弱、命运的难卜、祸福的无常。如果说人生如寄，那么人生的意义在哪里？人生的归宿在哪里？看起来，埋葬死人的"古墓"就是人生最后的归宿了，然而就连坟墓都不是能长久保存的，随着时间的流逝，坟墓变为耕地，墓边的松柏也被摧毁变成了柴薪，所以人生的意义究竟是什么？它又在哪里呢？处在那样一个"白骨露于野，千里无鸡鸣"的灾难重重、动荡不安的时代，能还乡的便尽早还乡吧，要知道，回乡也是有条件的，自己正是那思乡不得归的可怜人啊！"思归故里闾，欲归道无因"，平平淡淡之中，却饱含着无限的辛酸。

古诗十九首·生年不满百

生年不满百，常怀千岁忧。
昼短苦夜长，何不秉烛游！
为乐当及时，何能待来兹？
愚者爱惜费，但为后世嗤。
仙人王子乔，难可与等期。

此诗纯以议论为主，大谈对人生的体会，而没有沦于说理诗常见的枯燥无味之弊病，原因即在于其情感的热烈与直率，字里行间充满着人类对于人生价值的叩问与探索。

全诗大意：人生在世往往不足百年，却常常有着几千年的忧愁。如果说白天短暂夜晚漫长，那为什么不拿着蜡烛在夜晚游玩呢？行乐要及时啊，怎么能等到明年呢？愚昧的人过分爱惜钱财，后代的人都嗤笑他不知享受。像王子乔一样成仙，这样的事很难想象它会成真。

此诗开篇四句在方东树《昭昧詹言》中被评论为"奇情奇想，笔势峥嵘"，十分准确地描写了一些人的"苦大仇深"，人生在世不过百年时光，却要忧虑长达千千万万年的事情，岂非"杞人忧天"？虽然白天的时间有限，难道夜晚的时间就不能被使用？"何不秉烛游"一句给人以很强烈的感觉冲击，在当今这个物质生活不知比古代丰富了多少的时代，人们又何尝有说出这样的话的气度？行乐当及时，为什么总要等到以后呢？要知道"明日复明日，明日何其多。我生待明日，万事成蹉跎"。如此想来，"惜费"者为了积攒钱财，每日如苦行僧一般的生活，想着今日吃苦是为了虚无缥缈的来日之乐，便显得格外愚蠢了。"愚者爱惜费，但为后世嗤"二句，诚如方廷珪在《文选集成》中所说："直以一杯冷水，浇财奴之背。"

如果说"常怀千岁忧"是多余的，"惜费"者是愚蠢的，求仙访道是虚无缥缈的，那么追求一时的纵情享乐就是清醒正确的人生态度了吗？我们都知道这些都不算是恰当的人生选择，但诗人为何要"掩耳盗铃"呢？诗人难道不知吗？若是真的不知倒是件幸运事，毕竟是生活在汉末那样动荡不安的时代啊！说"人命如草芥"是一点儿也不夸张。人生的出路在哪儿呢？对命运的无能为力，对未来的无法控制，除了说说及时行乐来安慰自己，还能做些什么呢？

全诗思路清楚，层层推进，说理清晰，意蕴深厚，以旷达狂放之思，表达了人在面对毫无出路的生活时的痛苦与无可奈何。或许在强有力的时代的巨轮面前，所有对未来、对人生的期望都会被无情碾碎。

短歌行

曹　操

对酒当歌，人生几何！
譬如朝露，去日苦多。
慨当以慷，忧思难忘。
何以解忧？唯有杜康。
青青子衿，悠悠我心。
但为君故，沉吟至今。
呦呦鹿鸣，食野之苹。
我有嘉宾，鼓瑟吹笙。
明明如月，何时可掇？
忧从中来，不可断绝。
越陌度阡，枉用相存。
契阔谈讌，心念旧恩。
月明星稀，乌鹊南飞。
绕树三匝，何枝可依？
山不厌高，海不厌深。
周公吐哺，天下归心。

曹操（155—220），字孟德，东汉末年著名政治家、军事家、诗人。《短歌行》本是乐府旧题，曹操借此表达求贤如渴的心情和统一天下的雄心。这首诗实际上就是一首"求贤曲"。

全诗大意：喝着酒高歌，人生短暂匆匆而过！像清晨的露水转瞬即逝，失去的时日实在太多。席上歌声慷慨激昂，忧郁的思绪难以忘却。该怎样排解忧闷？唯有饮杜康酒。穿着青领的读书人，是我朝思暮想的对象。只是因为你们的缘故，才让我沉痛吟诵至今。鹿群的鸣叫声呦呦，它们在吃田野里的艾蒿。一旦四方贤才光临，我将奏瑟吹笙宴请。明亮皎洁的月亮，什么时候才能被摘下？我忧虑长存心中，是不可能断绝消失的。客人踏着田间小路，从远方来探望我。久别重逢相谈甚欢，一起诉说往日的情谊。月光明亮，星光稀疏，一群寻巢乌鹊向南飞去。绕着树飞了几圈，哪里才是它们的栖身之所？山不会怕太高，大海不会怕水太深。我愿如周公般礼贤下士，愿天下英杰真心归顺我。

这首诗颇有宴会上祝酒之词的意味。此诗一开篇就营造出借酒消愁的氛围，将自己愁的程度之深表现得淋漓尽致。位高权重如曹操，忧愁的事情自然与我们这些平常百姓不同。果不其然，曹操之所以忧愁，是因为苦于得不到更多的"贤才"来帮助自己建功立业。借酒消愁显然是下策，表达自己求贤若渴，使人才来投奔才是上策。"青青子衿，悠悠我心"二句原出处是《诗经·郑风·子衿》，原诗写的是女子对爱人的思念："青青子衿，悠悠我心。纵我不往，子宁不嗣音？"而曹操在这里引用《子衿》中的这两句，一方面表达了自己对贤才的日思夜想，另一方面也含蓄地提醒了贤才可以主动来投奔自己，一箭双雕，此处引用可谓巧妙。而接着引用的《诗经·小雅·鹿鸣》中的四句则表明自己会礼遇贤士，告诉贤士待遇问题是不用担心的。明月常行不会被摘下，亦如我求贤之心不会终止，诗人的用心周到实在令人惊叹，正所谓"良禽择木而栖"，诗人对于贤才择主的犹豫洞察明了，所以他采取了一种十分通情达理的姿态来吸引和争取人才，人才越多越好，我会如周公一般求贤若渴、礼贤下士。

此诗感叹了时光易逝、贤才难求，表达了诗人渴望贤才帮助他建功立业的雄心壮志，内容丰富，情感充沛，政治性很强，很好地传达了曹操"唯才是举"的政策，将诗人的人格、学识修养、理想抱负充分展示出来，亦将"求贤"这一主题演绎得十分精彩。

龟 虽 寿

曹 操

神龟虽寿，犹有竟时。
螣蛇乘雾，终为土灰。
老骥伏枥，志在千里。
烈士暮年，壮心不已。
盈缩之期，不但在天。
养怡之福，可得永年。
幸甚至哉，歌以咏志。

这首诗是《步出夏门行》的末章，写出了人老志不老的积极的人生态度。虽然人的寿命是有限的，但是壮志是无穷的，而且人的寿命长短也不仅仅取决于上天，通过调整身心状态，也可以达到延年益寿的目的。全诗语言慷慨激昂，其中蕴含的浓烈而真挚的情感极具感染力，意在自勉：老去死亡是人生的必然阶段，可精神面貌不应该随之老去，在活着的每一天里都应用积极向上的人生态度去生活，不要因为到了"暮年"就消极度日，忘记了自己的理想追求和雄心壮志。

全诗大意：神龟虽然长寿，但生命也会终结。腾蛇虽然能腾云驾雾，终究也会化为尘土。年老的千里马躺在马棚里，它仍有驰骋千里的壮志。有远大抱负的人即使到了晚年，也不会改变想要建功立业的心意。人的寿命长短，不仅仅取决于天。身心如果修养好，也可以延长寿命。难得这样的幸运啊，还是用歌唱来表达我的欣慰之情吧。

此诗开篇即点明神龟再长寿、腾蛇能力再神奇也都有消亡的时候，揭示了死亡的不可抗拒性，有着浓浓的低沉压抑之情。可紧接着，笔锋一转，引出了"壮心不已"的中心思想。南宋敖陶孙在《臞翁诗评》中说："魏武帝如幽燕老将，气韵沉雄。"用"气韵沉雄"这四个字来点评"老骥伏枥，志在千里。烈士暮年，壮心不已"，真的是用得恰到好处，将那种发自于内心深处的不畏老的豪迈气概表现得淋漓尽致。全诗情理交融，情感变化波澜壮阔却也不失自然缜密，语言朴实无华却蕴含了深刻的人生哲理，告诉人们心态的重要性，亦表达了自己老当益壮，积极进取，仍要建功立业的豪情壮志，不可不谓妙矣。

美 女 篇

曹 植

美女妖且闲，采桑歧路间。
柔条纷冉冉，叶落何翩翩。
攘袖见素手，皓腕约金环。
头上金爵钗，腰佩翠琅玕。
明珠交玉体，珊瑚间木难。
罗衣何飘飘，轻裾随风还。
顾盼遗光彩，长啸气若兰。
行徒用息驾，休者以忘餐。
借问女安居，乃在城南端。
青楼临大路，高门结重关。
容华耀朝日，谁不希令颜？
媒氏何所营？玉帛不时安。
佳人慕高义，求贤良独难。
众人徒嗷嗷，安知彼所观？
盛年处房室，中夜起长叹。

曹植（192—232），字子建，曹操第四子，三国时期著名诗人。其在争夺储位失败后，长期处于被猜忌的状态，郁郁不得志，常借诗篇抒发内心的苦闷，此诗即是以美人"盛年未嫁"来表达自己高贵的情操与怀才不遇的愤闷。

全诗大意：那个美丽文静的姑娘，正在小路上忙着采桑。桑树枝条柔顺，桑叶也纷纷落下。那姑娘仪容高雅，穿戴高贵，身姿绰约，回首顾盼即能留下迷人的光彩，呼出的气息也仿佛有兰花的芳香。那路人见了她就不肯走开，休息的人们也看傻了，以至于忘了用餐。要问这个姑娘家住哪里，就在城南边那个青门大院。姑娘容光如初升的朝阳，有谁能不爱慕她动人的容颜？媒人们干什么去了呢？为什么不及时送来聘礼。可姑娘偏偏爱慕品德高尚的人，寻求一个中意的丈夫实在很困难。众人徒劳地议论纷纷，就是不知道她看中的到底是什么样的人。可惜青春年华在闺房里不经意流逝，只听得她那一声声的长叹。

似乎从屈原的《离骚》开始，"美人"被赋予了更多的含义，《离骚》即将"美人"遥想为更高的精神内涵和自己的理想追求，此一意象在后世被不断沿用。如杜甫《佳人》写道："绝代有佳人，幽居在空谷。自云良家子，零落依草木。"借写乱世佳人被丈夫遗弃、幽居空谷、艰难度日的不幸遭遇来寄寓自己的身世不平之感。本诗也是如此。曹植由于政治上受压抑的特殊遭遇，对于表现才能、传名后世有着迫切的需求。诗中"盛年处房室，中夜起长叹"正是这种心情的写照，以美女未嫁来比喻自己虽有才具，却无可施展，婉转深沉地表现了诗人自己怀才不遇的苦闷之情。

本诗就结构上看，前后分为截然不同的两个部分。前半段以华丽精练的语言细致生动地为读者刻画了一个绝世美人的形象，后半段则笔锋一转，说明就是这样一个大家闺秀，却要承受"盛年处房室"的可悲命运，实在令人唏嘘。虽然美人表面上在埋怨媒人不来行聘，但"佳人慕高义，求贤良独难"才是使她独居闺中、忧愁怨恨的真正原因。美人越美，家世背景越好，她的不嫁就越令人惋惜。类比推之，诗人自己不就是这样一个志趣高远、盛年难嫁的美人吗？以绝代美人比喻志向远大的仁人志士，以美女盛年不嫁，比喻仁人志士的怀才不遇，虽含蓄委婉，却意味深长，带有强烈的情感，对表达诗人内心的苦闷、抒发抑郁之情有着"入木三分"的效果。清代叶燮称此诗为"汉魏压卷"，赞道："《美女篇》意致幽眇，含蓄隽永，音节韵度皆有天然姿态，层层摇曳而出，使人不可仿佛端倪，固是空千古绝作。"可谓深得诗中三昧。

咏 怀（其一）

阮 籍

夜中不能寐，起坐弹鸣琴。
薄帷鉴明月，清风吹我襟。
孤鸿号外野，翔鸟鸣北林。
徘徊将何见？忧思独伤心。

阮籍（210—263），字嗣宗，陈留尉氏（今河南开封）人。"竹林七贤"之一。曾任步兵校尉，世称"阮步兵"。魏晋之际著名诗人。其在诗坛上以八十二首《咏怀》诗闻名。其诗"言近旨远，寄托幽深"，是魏晋易代之际知识分子痛苦、抗争、苦闷、绝望的心路历程之写照。此诗是阮籍《咏怀》诗的第一首，有着诗序的作用。

全诗大意：夜里睡不着觉，起床坐着弹琴。月光照在薄帷上，清风吹着我的衣襟。孤鸿在野外哀号，飞鸟在北林悲鸣。盘旋徘徊会看到什么呢？怀着忧伤的思绪我独自伤心。

《晋书·阮籍传》中说："籍本有济世志，属魏、晋之际，天下多故，名士少有全者，籍由是不与世事，遂酣饮为常。"可是借酒真的能消愁吗？恐怕是"愁更愁"。可是当时的政治黑暗，壮志难酬的阮籍又该如何排解心中的忧愁和苦闷？《咏怀》诗由此而生。生活在魏晋这样一个动荡的时代，对生命的感怀以及对个人力量薄弱、无能为力的无奈，使得作者发出"忧生之嗟"。夜不能寐，是有忧思，起而弹琴，是为了抒发自己的忧思。诗中虽未直接点明为何而"忧思"，但从"薄帷鉴明月，清风吹我襟"所营造的孤寂凄清的氛围中，我们还是可以感受到诗人的"忧思"之深之切。孤鸿在野外哀号，飞鸟在北林悲鸣，进一步突出环境的寂静凄清，将诗人孤独苦闷的心情烘托得入木三分。

本诗凄清悲凉的氛围，寄托了诗人无限的忧思，在中国诗史上也有着重要的地位。严沧浪说："黄初之后，唯阮籍《咏怀》之作，极为高古，有建安风骨。"后代的陶渊明《饮酒》、陈子昂《感遇》等都受其影响。

咏　怀 (其三)

阮　籍

嘉树下成蹊，东园桃与李。
秋风吹飞藿，零落从此始。
繁华有憔悴，堂上生荆杞。
驱马舍之去，去上西山趾。
一身不自保，何况恋妻子。
凝霜被野草，岁暮亦云已。

在阮籍《咏怀》八十二首中，"忧思独伤心"是一种共同的情感，深刻的孤独感弥漫全篇。这种孤独感是任何感情都无法化解、慰藉的，其背后意味着阮籍对当时政治的无比失望而又无能为力的激愤之感。

全诗大意：嘉树下因为有许多人走过而有了一条路，曾经聚集过很多的人是为了看东园的桃李。秋风吹得豆叶在空中飘荡，桃李就从这时候开始凋零了。繁华的地方会有憔悴，高堂大厦也会变成荒野。策马离开，到西山去隐居。我自己尚且不能自保，更何况对妻子和孩子恋恋不舍。严霜覆盖在野草之上，又到了一年的末尾了。

此诗开篇化用"桃李不言，下自成蹊"，借此表明对万物兴衰的思考。《淮南子·道应训》中说："夫物盛而衰，乐极则悲。"世事万物皆是如此，有盛就有衰，有繁华就有憔悴，今日的高堂大厦，不久就会倒塌，而成为长满荆棘、枸杞等植物的荒凉之地，沧海桑田，谁都逃不过时空的掌控。这就明白地引出，眼前的功名利禄又有什么值得留恋的呢？不如赶快离开这个名利场，骑马到西山去隐居，"未知身死处，何能两相完"，在这样黑暗动荡的年代，自身尚且难保，谈何保全他人？虽然桃李开始凋零时，野草仍然很茂密，可是到了年底，严霜覆盖在野草之上，野草不也要枯萎吗？到西山隐居不过是让自己由"桃李"变成了"野草"，终究是要承受一样的命运：现在繁华的他日会灭亡，舍弃了繁华的又逃不脱灭亡。所以人生的出路在哪里呢？怎么样才能找到解脱之法呢？大概只有天知道吧，人生真的是太苦太悲哀了。

生活在那样一个恐怖的时代，阮籍处在曹氏和司马氏争夺政权的夹缝中，他的处境很不好，对政治腐败黑暗的憎恶也使得他心中的苦闷越发深沉，所以在他的诗作中，会存在着一种焦灼的情绪和浓烈的悲观色彩。但除却对政治现实的不满，阮籍的诗中也体现出了其对于人生价值的思考、探索，这一点也是很值得关注的。

咏 怀 (其五)

阮 籍

平生少年时，轻薄好弦歌。
西游咸阳中，赵李相经过。
娱乐未终极，白日忽蹉跎。
驱马复来归，反顾望三河。
黄金百镒尽，资用常苦多。
北临太行道，失路将如何。

此诗中呈现出一个少年时纵情享乐、年长后无路可走的士人形象，正是阮籍的自我隐喻，其中隐藏着阮籍对人生前途的痛苦思索。当然，这种思索也注定没有完整的答案。

全诗大意：回想起我青少年的时候，喜好轻狂地歌舞行乐。我西游咸阳城，与咸阳城出色的歌妓舞女交往过。欢乐还未尽兴，大好的青春年华就这样过去了。策马返程，回头眺望长河。钱财已经耗尽，却苦于需要钱财的地方太多。在太行道路上看见一个人在向北方错误的方向走，如果走错了路结果将会是怎样。

全诗开篇一幅歌舞升平的景象，可能是对往日的回想，也有可能是作为思考人生的参照与镜像。对于阮籍来说，生活在政治夹缝中是痛苦的，除了努力退避、忍耐，他没有更好的解决办法，而在这种压抑的状态下，那段年少轻狂的岁月，恰恰是他所向往的自由的样子，虽然轻歌曼舞无所事事，但能得一时欢乐抛却忧愁何尝不是一件幸事？若真的曾做了错误的选择，走了错路，想来也是指入仕为官一事。《世说新语·任诞》说阮籍是"胸中垒块"，心里的苦闷忧思像高高堆积的山石，想要忘却忧思谈何容易。如果可以，真希望阮籍永远是那个轻狂的少年，可政治的黑暗、社会的动荡，一点一点地侵蚀着阮籍，慢慢地，轻狂变成了绝望，一切都回不去了。"失路将如何"，未来如一条笼罩在茫茫大雾中迷蒙的路，在未走到之前，谁也不知道将会如何，此诗的迷茫苦闷，应该是动乱年代有志的文人士子所共有的情感。

咏 怀（其六）

阮　籍

昔闻东陵瓜，近在青门外。
连畛距阡陌，子母相钩带。
五色曜朝日，嘉宾四面会。
膏火自煎熬，多财为患害。
布衣可终身，宠禄岂足赖。

这是一首咏史诗，借秦代东陵侯邵平的经历表明其对富贵生活的冷静思考，透露出不愿与黑暗的朝局同流合污的志向。

全诗大意：从前听说东陵侯的瓜就种在青门之外。瓜田阡陌相连，好一派丰收景象。当日朝廷内高官的宴会又是如何的煊赫，可谁料所享的富贵却到最后为自己带来祸害。做一介布衣便可了此一生，荣华富贵又怎能值得依赖？

第一句"昔闻"是咏史句法，即闻事于史书。此诗前八句皆由"昔闻"引出，咏邵平失去侯爵之位，种瓜为生的故事，并以昔日当朝诸臣的煊赫与邵平做对比，高下自出。"膏火自煎熬"句出自《庄子》"山木自寇也，膏火自煎也"。意指曾经凭借的事物必然会带来灾祸。最后二句收束全篇，"布衣可终身"是指邵平隐居种瓜，以布衣平民之身得以安享天年；"宠禄岂足赖"则是在说做侯爵虽然宠禄有加，但伴君如伴虎，结果终究是如膏火自煎，难得善终。言语之间充满了对布衣生活的赞美与羡慕。作为一首咏史诗来说，此诗没有就事论事，而是通过邵平失去侯爵之位，种瓜为生的史事论证了人生哲理："布衣可终身，宠禄岂足赖。"这其实是一个很简单的道理了，但古往今来，看不透的多，看透的少；看透的多，能实践的少。此诗在抒情咏事中以精练的诗句抽象出深刻的人生哲理，区区十句之内，语言明白晓畅，有史有论，构思新颖，结构完备，使诗篇既富有情趣又不乏理趣，正符合钟嵘在《诗品》中对阮籍的评价："言在耳目之内，情寄八荒之表。"

咏　怀 （其十七）

阮　籍

独坐空堂上，谁可与欢者。
出门临永路，不见行车马。
登高望九州，悠悠分旷野。
孤鸟西北飞，离兽东南下。
日暮思亲友，晤言用自写。

此诗深刻地写出诗人难以言说的孤独，有无人与言的悲哀。在诗人的眼里，整个世界一片荒芜，实则透露出其对人生本质的清醒认识。

全诗大意：独自坐在空荡荡的屋子里，哪个人可以与我畅谈人生。出门面对着通往远方的大路，却看不见有车马从此经过。登上高处远望九州，只看见悠悠的江河把大地分割成一块块的旷野。孤零零的一只鸟向西北飞去，一只离群的野兽孤独地到东南方去。在这日暮时分我思念着亲朋好友，却只能在心中想象与他们面对面交谈的场景。

明代人陆时雍就认为此诗是阮籍诗歌的代表作，说道："起语兴情慨慨，结语寄意殷殷，如此首尾盘礴，自是阮公家数。"看似不问世事、口不臧否人物的阮籍，实则内心承受着巨大的痛苦，他独坐空堂，孤独难抑，此诗不过短短十句，无一句不在写自己的孤独寂寞之情。从独坐到出门到登高，这一系列的动作都是诗人孤独忧愁、不合于世的表现，而最后对亲友的思念，更是将这种孤独加深了一个度：我啊，太孤独了，理解我的人啊，都不在我身边，除了在想象中与你们会面交谈，还有什么能缓解我的寂寞忧愁呢？清人吴淇就对这种孤独有深刻的认识："吾非斯人之徒与而谁欤？乃独坐空堂上，无人焉；'出门临永路'，无人焉；'登高望九州'，无人焉。所见惟鸟飞兽下耳。其写无人处，可谓尽情。"或许孤独才是人生的常态，诗人就像是那孤单的飞鸟和离群的走兽，内心深处的孤独使他觉得痛苦，但骨子里的高洁傲岸又使他无法在尘世中找到一个志同道合的人。这种孤独就像是《楚辞·渔父》所说的"举世皆浊我独清，众人皆醉我独醒"，也像陈子昂《登幽州台歌》所写的"前不见古人，后不见来者。念天地之悠悠，独怆然而涕下"，怀才不遇、生不逢时是古今文人都难以释怀的孤独和痛苦。阮籍在道出对时局失望的同时，也说出了人生最本质的痛苦，这大概就是阮籍《咏怀》的魅力所在吧。

咏 怀 (其三十二)

阮 籍

朝阳不再盛，白日忽西幽。
去此若俯仰，如何似九秋。
人生若尘露，天道邈悠悠。
齐景升丘山，涕泗纷交流。
孔圣临长川，惜逝忽若浮。
去者余不及，来者吾不留。
愿登太华山，上与松子游。
渔父知世患，乘流泛轻舟。

此诗充溢着岁月已去、时不我待的痛苦感，其间既有对自我生命逝去的悲哀，也有魏国国势日薄西山的叹惋，更浸润着深沉的对人生价值的探索精神。

全诗大意：艳丽的朝阳一去不返，很快都要沉入西山。世间的一切转瞬即逝，哪里有长长的白日可以消耗。人生也不过如露水一样的短暂，而大道又是何等邈远。所以，有那齐景公登山时的感怀落泪，有孔圣人面对长河时的心痛惋惜。古代的贤人我无法追走，后来者我也等不到了。希望能登上太华山，与赤松子逍遥遨游。渔父知道人世的忧患，所以驾着轻舟飘然远去。

本诗感慨了世事盛衰无常，人生虽短暂，但天道悠远，所以想要效仿仙人或者做一个隐士。"朝阳不再盛，白日忽西幽"，本诗一开篇便开始写象征着时光流逝的场景，盛年如流水，一去不复返的忧伤情感。"去此若俯仰，如何似九秋"，盛衰之事就如同这最平常不过的一朝一暮，消逝也不过是俯仰之间的事，为什么要说一天像九秋？逝去的时光如流水，一去不复返，生命的短暂怎么能不让人心生忧愁？过去的时间是我抓不住的，未来的时间是我留不下的，我愿意向赤松子学习仙术，以求超脱世外；如若学仙无门，向渔父学习，做个隐士也好啊。《楚辞·渔父》中写道："屈原既放，游于江潭，行吟泽畔，颜色憔悴，形容枯槁。渔父见而问之曰：'子非三闾大夫欤？何故至于斯？'屈原曰：'举世皆浊我独清，众人皆醉我独醒，是以见放。'渔父曰：'圣人不凝滞于物，而能与世推移。世人皆浊，何不淈其泥而扬其波？众人皆醉，何不哺其糟而歠其醨？何故深思高举，自令放为？'……渔父莞尔而笑，鼓枻而去。"从某种意义上来说，阮籍希望自己可以是那个"乘流泛轻舟""鼓枻而去"的渔父，但事实上，我倒觉得他和屈原更像，他们一样不愿与世俗同流合污，内心有一样的孤独苦闷，不同的是，阮籍的孤独苦闷更为压抑，更让人心痛。

咏　史（其二）

左　思

郁郁涧底松，离离山上苗。
以彼径寸茎，荫此百尺条。
世胄蹑高位，英俊沉下僚。
地势使之然，由来非一朝。
金张藉旧业，七叶珥汉貂。
冯公岂不伟，白首不见招。

左思（约250—305），字太冲，齐国临淄（今山东淄博）人，西晋文学家。因其妹妹左棻被选入宫，举家迁居洛阳，曾任秘书郎。元康年间，左思参与当时文人集团"二十四友"之游，并为贾谧讲《汉书》。元康末年，贾谧被诛，左思退居宜春里，专意典籍。后齐王召为记室督，他辞疾不就。太安二年（303），左思移居冀州，数年后病逝。《三都赋》与《咏史》诗是其代表作。

全诗大意：生长在山涧底的松树郁郁葱葱，生长在山顶上的小苗在风中摇摆。由于生长的地势高低不同，仅有一寸粗的山上小苗，却能遮盖涧底百尺高的松树。贵族世家的子弟登上高位获得权势，寒门有才能的人却埋没在他们之下。这是所处的地位不同所造成的，可不是一朝一夕形成的。金、张二家依靠祖上的遗业，子孙七代都做了高官。难道出身寒微的冯唐不是一个奇伟的人才吗？可是他头发都白了仍不被重用。

左思出身寒门，在当时门第观念极盛的社会，极不受重用。其通过《咏史》八首诗咏古人古事抒写了作者自己的思想抱负，同时批评了当时社会所实行的门阀制度。此诗以"涧底松"比喻出身寒门的士子，以"山上苗"比喻世家大族的子弟，当仕进的道路被世家大族所垄断，仅有一寸粗的山上树苗遮盖了涧底百尺高大树的景象也就不足为奇了。因为"地势"不同，所以出身寒微的人不论多有才都要屈居下位，这是门阀制度所造成的不合理现象。巧妙地通过地势高低不同造成的自然景观，抨击了贵族尸位素餐，寒门永无出头之日的黑暗现实，表达了自己对埋没人才的九品中正制度的极度不满之情。"金张藉旧业"与冯唐的"白首不见招"紧随前文"由来非一朝"形成对比，对不合理的社会现象的揭露和抨击既生动又无情。左思在这首诗中特写了"上品无寒门，下品无势族"的社会现象，以金张子孙七代入朝为官，而冯唐直至老死却不得重用的历史故事，反讽了当朝统治的腐朽败落，可谓是"借古讽今"的代表之作。

咏　史（其五）

左　思

皓天舒白日，灵景耀神州。
列宅紫宫里，飞宇若云浮。
峨峨高门内，蔼蔼皆王侯。
自非攀龙客，何为欻来游。
被褐出阊阖，高步追许由。
振衣千仞冈，濯足万里流。

左思来到洛阳，本想展示自己的满腹经纶，以期取得仕途上的畅达，结果却在处处坎坷中了解到了晋朝政治的腐败，这使得他受到了巨大的打击，产生退意。此诗即是这种心境的反映。

　　全诗大意：晴朗的天空中光芒四射，太阳的灵光照耀在神州大地。一列列豪宅屹立帝城，飞檐如浮云飘在天空。高大的门楼里，来来往往都是王侯。我本不是攀龙附凤之人，为什么要突然来到京城？披上粗布衣衫出了都门，高步追随许由到深山隐居。在千仞高的山上抖掉凡尘，在万里的长河中把脚洗干净。

　　此诗语意紧承上首而来，前六句着力描绘那些豪门贵族的豪宅大院，极尽铺陈，既写其住所之豪华，更意指其权势之熏天，暗示着门阀统治根深蒂固的悲哀现实。于是，在诗人明白了"世胄蹑高位，英俊沉下僚"是牢不可破的陈规之后，他决心退出"攀龙客"之群，而"被褐出阊阖，高步追许由。振衣千仞冈，濯足万里流"则更像是诗人向统治势力反抗、与统治阶级决裂的宣言。与其在这浮华的人间做一介卑微的小人物，倒不如去大自然中张扬自己的个性，获得自我性灵的抒发。在当时的门阀制度下，"上品无寒门，下品无势族"，像左思这样出身寒微的士子，是受压抑的、壮志难酬的，所以当诗人认清楚现实之后，胸中的不平使他开始对门阀贵族的统治有了强烈的不满。左思此诗唱出了当时所有心怀大志的寒士的不平与呼声，更在后世引起了深沉的共鸣。

咏　史（其六）

左　思

荆轲饮燕市，酒酣气益震。
哀歌和渐离，谓若傍无人。
虽无壮士节，与世亦殊伦。
高眄邈四海，豪右何足陈。
贵者虽自贵，视之若埃尘。
贱者虽自贱，重之若千钧。

左思虽高咏出"振衣千仞岗，濯足万里流"的梦想，但终究不能隐迹遁世，这首诗就回答了身处那个不平等的世间要如何正确认识自己，如何在社会中找到合适的自我定位的重要问题。

全诗大意：荆轲在燕国的街边饮酒，喝醉之后气概更加不凡。他唱着悲哀的歌曲与他的好友高渐离相应和，好像身边没有别人似的。虽然没有壮士的气节，却有着与世间普通人不同的品行。荆轲的目光俯视着四海之内，那些豪门大族在他眼中都不值一提。富贵的人虽然富贵，荆轲却把他们看作尘埃。贫贱的人虽然贫贱，他们在荆轲眼中却像千钧一样有分量。

这首诗着力赞颂了荆轲的豪迈气质。据《史记·刺客列传》记载，荆轲，战国时齐国人，喜欢读书击剑，他游于燕国，与燕国的狗屠和善击筑的高渐离友善。"荆轲嗜酒，日与狗屠及高渐离饮于燕市，酒酣以往，高渐离击筑，荆轲和而歌于市中，相乐也，已而相泣，旁若无人者。"后为燕太子丹刺秦王，临别前，作《渡易水歌》曰："风萧萧兮易水寒，壮士一去兮不复还。"最后，失败被杀。从"虽无壮士节，与世亦殊伦"一句中我们可以感受到，荆轲并不是诗人心中最为理想的壮士形象，但作为一个市井豪侠，荆轲的为人，却比只知享乐、尸位素餐的豪门势族要出色得多。"高眄邈四海，豪右何足陈"表明荆轲睥睨四海，有着蔑视豪门势族的英雄气概。诗中对"贵者"和"贱者"的看法是诗人借荆轲之口表明自己的观点，他将"贵者"视若尘埃，却将"贱者"看得重若千钧。

左思的《咏史》诗借歌咏古人古事抒写自己的抱负情感，并对当时社会中一些不公平合理的现象进行批判。左思的诗中并没有一般失意者的哀言悲语，而是把高度的蔑视投向那些权贵："高眄邈四海，豪右何足陈。贵者虽自贵，视之若埃尘。贱者虽自贱，重之若千钧。"这样豪迈高亢的情调和劲挺矫健的笔调正是左思《咏史》诗的特色，也就是钟嵘所说的"左思风力"。

归园田居（其一）

陶渊明

少无适俗韵，性本爱丘山。
误落尘网中，一去三十年。
羁鸟恋旧林，池鱼思故渊。
开荒南野际，守拙归园田。
方宅十余亩，草屋八九间。
榆柳荫后檐，桃李罗堂前。
暧暧远人村，依依墟里烟。
狗吠深巷中，鸡鸣桑树颠。
户庭无尘杂，虚室有余闲。
久在樊笼里，复得返自然。

陶渊明（约365—427），又名潜，字元亮，私谥靖节，自号五柳先生。柴桑浔阳（今江西九江）人。其曾祖父陶侃为东晋初年权倾一时的大将军，但到他这一代家境已经没落。陶渊明从二十九岁起出仕，曾做过几次小官，时间都不长。义熙元年（405），四十一岁的陶渊明最后一次出仕，做了八十多天的彭泽县令后辞官回家。从此归隐不出。后世称其为"古今隐逸诗人之宗"。这组《归园田居》诗就作于其辞去彭泽县令之后。

全诗大意：年少时是没有世俗气的，天性是热爱自然的。不小心落入了仕途罗网中，这一陷落就是许多年。笼中的鸟思恋往日山林，池里的鱼向往从前溪流。我愿在南野开垦荒地，保持着纯朴的本性回归田园。绕着房子有方圆十余亩地，还有几间茅屋草舍。榆柳树荫掩盖着房屋后檐，有桃李树在房前。远处有邻村依稀可见，村落里飘荡着袅袅炊烟。深巷中传来狗吠，桑树顶有雄鸡在鸣叫。庭院里没有那尘杂，静室里有的是安适悠闲。长久地被困于樊笼里毫无自由，今日总算得以归返山林。

陶渊明在做官期间一直厌恶官场，向往田园，此诗自述离开官场，回归田园是因为自己的本性如此。简朴的田园生活让诗人产生了一种返璞归真的愉悦之感。"少无适俗韵"，所谓"俗韵"即是指在官场中周旋应酬、钻营取巧的行为，而对于本性淳朴、热爱自然的陶渊明来说，这种行为是他学不会，也是不屑于去学的。陶渊明之所以"归田"，不仅仅是因为热爱自然，认为仕途是"尘网"是"樊笼"，也是因为他骨子里的高傲，他耻于"为五斗米折腰"。官场的黑暗和污浊使他绝望，他不愿与那些道貌岸然的"同僚们"同流合污，所以于他而言，做官就像坐牢，他想要逃离。孟子说："乡为身死而不受，今为宫室之美为之；乡为身死而不受，今为妻妾之奉为之；乡为身死而不受，今为所识穷乏者得我而为之；是亦不可以已乎？此之谓失其本心。"而陶渊明身上很可贵的一点就是没有"失其本心"。看透官场污浊、政治腐败的不仅仅只陶渊明一人，虽然他的态度是消极避世的，但又有几个能像他一样，在无可奈何之时尽力选择自己所热爱的生活方向的呢？此诗语言质朴无华，简洁如白话，有一种自然清新之美，正如陶渊明此时淡然的心境。

饮　酒（其七）

陶渊明

秋菊有佳色，裛露掇其英。
泛此忘忧物，远我遗世情。
一觞虽独进，杯尽壶自倾。
日入群动息，归鸟趋林鸣。
啸傲东轩下，聊复得此生。

陶渊明《饮酒》诗共二十首，虽是以酒为题，但并不是借酒遣兴之作，而多有其对宇宙、世界、人生的深刻思考，是透视陶渊明思想境界的一面不可多得的镜子。

全诗大意：秋天菊花盛开得十分好看，采摘带着露水的花朵。把菊花泡在酒中，使我避世之情更浓。将杯中酒一饮而尽，拿酒壶接着往杯中倒酒。日落众生休息，鸟儿也向林中鸣叫着飞去。在东窗下高声歌咏，就这样度过这一生。

秋天是百花凋零的季节，但是菊花却不畏严霜，盛开得十分好看，表现了其坚贞高洁的品格。屈原《离骚》中说"朝饮木兰之坠露兮，夕餐秋菊之落英"，自此，服食菊花便也有了志趣高洁的寓意。这也是诗人志趣的表现。"采菊东篱下，悠然见南山"，对菊饮酒，本来是极惬意快乐的事，可在"聊复得此生"的背后，似乎又隐藏着壮志难酬的无可奈何。陶渊明最为出名的主要是他的田园隐居生活，而他的诗也多是歌咏隐逸、描写田园生活之作，所以称他为"隐逸诗人"或"田园诗人"，这都是很恰当的。不过，"隐逸"并不是陶渊明的全部思想。在陶渊明年轻的时候，也曾有过"大济于苍生"的梦想，只是由于后来在官场中看到了政治的腐朽黑暗，才使他失望，甚至是绝望，从而决定归隐的。知道了这些，关于此诗对菊饮酒悠然自得的背后所蕴藏的感伤，也就不难理解了。

饮　酒（其十六）

陶渊明

少年罕人事，游好在六经。
行行向不惑，淹留遂无成。
竟抱固穷节，饥寒饱所更。
敝庐交悲风，荒草没前庭。
披褐守长夜，晨鸡不肯鸣。
孟公不在兹，终以翳吾情。

或许是因为陶渊明的田园诗太出名了，所以他给世人留下了一个一心只有"隐逸"的印象。但其实不尽然，此诗就是一个突出的反证。陶渊明回首往事时的感慨，沉思现实的不甘与无奈，都在诗中深深地回荡着。

　　全诗大意：年少时很少接触人情往来，兴趣爱好是儒家六经。现在年纪大了，事业停滞一事无成。我抱着君子固然困穷却不能失掉品格的想法，历尽了饥寒交迫之苦。大风袭击破屋，庭前长满荒草。披衣起来坐待天明，偏偏晨鸡不肯报晓。现在已经没有能够理解我的人了，我的感情终将被掩埋。

　　鲁迅先生在《且介亭杂文二集·题未定草》与《而已集·魏晋风度及文章与药及酒之关系》两篇文章中就曾举出《读山海经》"刑天舞干戚，猛志固常在"等句说明陶诗有"金刚怒目"的一面，又举《述酒》一篇说明陶渊明也关心政治，对于世事并未遗忘。陶渊明在此诗中说年少的时候"游好在六经"，"六经"是什么？是儒家经典。深受儒家思想影响的陶渊明自然也曾有过以天下为己任的志向。只是政治社会污浊黑暗，陶渊明洁身自好，不屑于与他们同流合污，这才辞官归隐。"披褐守长夜，晨鸡不肯鸣"，披衣坐守破晓，是陶渊明的执着与坚守，是黑暗中无人可温暖的孤独。这种孤独不仅仅只属于一个人，而是属于所有有操守的仁人志士。

杂　诗（其一）

陶渊明

人生无根蒂，飘如陌上尘。
分散逐风转，此已非常身。
落地为兄弟，何必骨肉亲。
得欢当作乐，斗酒聚比邻。
盛年不重来，一日难再晨。
及时当勉励，岁月不待人。

晋安帝义熙十年（414），陶渊明辞官已有八年，在长期的躬耕生涯后，对人生与命运有了更深沉的思考，故而有了这组"不拘流例，遇物即言"的杂感诗。这组《杂诗》共十二首，这里所选为第一首。

全诗大意：人生在世没有根蒂，漂泊无依就像路上的尘土。生命随风飘转，历尽了艰难已经和以前不同。生而为人都是兄弟，何必非要有骨肉血缘关系！遇到高兴的事就应当庆祝，有酒就应当邀请邻居共饮。青春逝去不可能再重来，一天永远无法经历两次早晨。趁着青春年少要及时勉励自己，岁月匆匆不等人。

此诗一开篇即关注的是生命的本质问题，人到底为何物，要以何种方式度过这一生，是陶渊明诗中研究的一个问题。人生在世就像无根之木、无蒂之花，没有根蒂，没有依傍。陶渊明将其视为陌上之尘，极为卑微而偶然的物件。生命无常，命运变幻莫测，在经历了种种变故之后，每一个人都和从前不同了。可命运是什么呢？大概就是那个在冥冥之中左右着你，而你却无法左右的那个东西。即便这样，陶渊明也未流于消极，反倒在诗中劝导世人要珍惜这卑微的一生。"落地为兄弟，何必骨肉亲。"既然众人皆卑微，那就更是同类，更要相亲相爱，而不应互生隔阂。同时，两句话在本质上透露出另外一个重要的意义，在人命朝不保夕的动乱年代，大概人的心底都会不自觉地生出一种"兼爱世人"的崇高情感来，成为黑暗中彼此的微光。在现代，"盛年不重来，一日难再晨。及时当勉励，岁月不待人"常被用来勉励人们要珍惜光阴，抓紧时间，努力学习。只要是能给人以良好的引导、以深刻的启迪就是好的，至于陶渊明的本意是鼓励人们要及时行乐，还是抓紧时间奋斗，其实并不重要。

杂 诗（其二）

陶渊明

白日沦西阿，素月出东岭。
遥遥万里辉，荡荡空中景。
风来入房户，夜中枕席冷。
气变悟时易，不眠知夕永。
欲言无予和，挥杯劝孤影。
日月掷人去，有志不获骋。
念此怀悲凄，终晓不能静。

对于"人生无常""生命短暂"的慨叹，早在《诗经》《楚辞》中就已经出现，如《诗经·国风·蜉蝣》中的"蜉蝣之羽，衣裳楚楚。心之忧矣，於我归处"，屈原《离骚》中的"日月忽其不淹兮"等。不过随着时代背景的变化发展，这种慨叹变得越发深沉悲怆。陶渊明的这首《杂诗》就典型地反映出还有大志的隐士面对时间流逝时体现出的深沉无奈。

全诗大意：太阳在西山落下，月亮从东岭升起。有万里的光辉，有茫茫的空中景色。风吹进室内，夜晚中枕席变得冰凉。气候变化感悟到季节变化，失眠的时候才知道夜晚这样漫长。想说话却没有人陪我，只能举杯对着影子饮酒。光阴弃人而去，我虽有志向却得不到任用。想起这件事满怀悲凄，整夜心里都不能平静。

此诗开篇写日落月升，意在表现自然的运转不息，暗含对"逝者如斯夫，不舍昼夜"的感怀。美丽缥缈的虚空，失眠难寐的夜晚，对比之下，一种孤独的悲凄之感自然而然地流露出来。"欲言无予和，挥杯劝孤影"，或许孤独是生命的常态，几百年之后，唐代大诗人李白在《月下独酌》一诗中写道："花间一壶酒，独酌无相亲。举杯邀明月，对影成三人。"虽然李诗飘逸而豪放，与陶诗风格味道不同，但两首诗所要诉说的孤独却是一样无解的。"日月掷人去"，时光啊匆匆逝去，不肯为任何人而停留。"忆我少壮时，无乐自欣豫。猛志逸四海，骞翮思远翥。"诗人年少的时候也有济世之志啊，可惜终究是难逃"有志不获骋"的命运。陶渊明在《咏贫士》第六首中说"翳然绝交游，赋诗颇能工……人事固以拙，聊得长相从"，想来从事文学创作是为数不多的能让他在壮志难酬的苦闷中得到些许安慰的事情之一吧。全诗语言质朴，把深沉的感情表达得很平淡，有着冲淡自然之美。钟嵘《诗品》中说陶诗"文体省净，殆无长语"，还是很贴切的。

拟 古（其九）

陶渊明

种桑长江边，三年望当采。
枝条始欲茂，忽值山河改。
柯叶自摧折，根株浮沧海。
春蚕既无食，寒衣欲谁待！
本不植高原，今日复何悔。

《拟古》九首大约作于南朝宋武帝永初元年（420）或永初二年（421）。宋武帝刘裕代晋之后，陶渊明此时虽已躬耕田园隐居多年，但还是有感于时事政治，作了这组诗。这组拟古诗主要抒写对朝代更迭之际世事多变的感慨，感情低回缠绵，语言含蓄婉转。

全诗大意：在江边种植桑树，希望三年之后可以采摘桑叶。枝叶正在生长期，忽然遇到山河更改。树枝树叶被摧毁折断，树干树根在大海中浮沉。春蚕没有了桑叶做食物，拿什么吐丝做衣服！当初没把根植在高原，如今后悔也来不及了。

关于这首诗有两种说法，一种说此诗是诗人有感于晋朝灭亡，以桑树比宗国；另一种说此诗以在江边种桑树，遇到山河改易、劳而无功，比喻人托身不慎，悔之晚矣。结合创作时间来看，个人比较倾向于第一种说法。虽然晋朝灭亡之时诗人已经隐逸多年，但曾经的"大济于苍生"的豪情壮志还隐匿在骨血里，未曾消逝，关于政治，诗人还是关心的。这首诗也很有陶渊明式的特点。在当时，形式主义风气盛行，陶渊明可谓"独树一帜"，他不讲对仗，不琢字句，注重白描，在他笔下，不论多深沉的感情都可以被表达得很平淡。陶诗风格淳朴自然，平淡冲和，但内涵丰富，意蕴深远，发人深省。

读《山海经》（其一）

陶渊明

孟夏草木长，绕屋树扶疏。
众鸟欣有托，吾亦爱吾庐。
既耕亦已种，时还读我书。
穷巷隔深辙，颇回故人车。
欢然酌春酒，摘我园中蔬。
微雨从东来，好风与之俱。
泛览周王传，流观山海图。
俯仰终宇宙，不乐复何如！

《读〈山海经〉》组诗共十三首，是陶渊明读《山海经》《穆天子传》等有神异色彩书籍时的心得，其中蕴含着陶渊明对历史往事的感叹，对神异事物的惊叹与对浮生命运的感喟，体现出陶渊明成熟的人生观。这里所选为第一首。

全诗大意：孟夏时节的草木茂盛，绿树围绕着我的房屋分布。众鸟有了寄托而快乐，我也喜爱我的草庐。已经结束了耕种的工作，农闲时候我会读自己喜爱的书。居住在僻静的村巷中远离喧嚣，交通不便常常使来探望的老朋友掉头回去。欢快地喝着春酒，采摘着园中的蔬菜。从东方来的小雨，夹杂着令人舒适的风。浏览着周王传，翻看着山海图。俯仰之间穷尽宇宙，如果这都不快乐还想怎样呢！

孟夏时节，草木茂盛，诗人隐居在幽静的村庄里，耕作之余有许多闲暇时光，便泛览图书寻找乐趣。这是一种多么令人羡慕的生活状态啊！"无丝竹之乱耳，无案牍之劳形"，一切的一切都是那样的悠闲自在。农忙时节就耕种劳动，有了闲暇就看书体会宇宙奥妙，渴了就喝自己酿好的酒，饿了就采摘园子里成熟的蔬菜，因为居住的地方偏远，连老朋友都少来探访，倒是真有种生活在"世外桃源"的感觉。大抵人世间真正的快乐并不在于权力有多大、地位有多高、拥有了多少财富，而在于内心的平和与从容，当明白了自己想要的，选择了自己所热爱的，精神上充实而满足，外界的纷纷扰扰又能打扰得了谁呢？

形影神·神释

陶渊明

大钧无私力，万理自森著。
人为三才中，岂不以我故。
与君虽异物，生而相依附。
结托既喜同，安得不相语。
三皇大圣人，今复在何处？
彭祖爱永年，欲留不得住。
老少同一死，贤愚无复数。
日醉或能忘，将非促龄具？
立善常所欣，谁当为汝誉？
甚念伤吾生，正宜委运去。
纵浪大化中，不喜亦不惧。
应尽便须尽，无复独多虑。

《形影神三首》是陶渊明创作的一组五言诗。组诗中的"形"指代人乞求长生的愿望，"影"指代人求善立名的愿望，"神"则是以自然之义化解他们苦恼的形象。此诗为第三首。

全诗大意：大自然的造化没有私心，万物都茂盛地自然生长。人位列天地人的"三才"之中，怎能不是因为神的缘故。虽然神与形和影相异，但是三者相互依附。既然形影神三者相互依托关系密切，神又怎能不宽慰形和影。上古时代的三皇，今天又在哪里？彭祖因长寿而闻名，却也不能永远留在人间。无论老人小孩都有一死，无论贤人愚者死后都没有区别。或许每天喝酒可以暂时忘却苦恼，但长此以往难道不会伤身减寿？多做善事固然是好的，可又有谁会来称赞你呢？过度在意这些事会有损我们的生命，最适宜还是顺其自然。放浪于造化之间，不因寿命长短而悲喜。寿数到了就结束好了，完全没有为这些多虑的必要。

此诗重点探讨的是该如何面对不可把控的寿命。巧妙地安排神、形、影的对话，让神针对形和影的苦恼，分别给他们以安慰：长寿如彭祖也终有一死，谁也逃不脱死亡的命运，借酒消愁使人短寿，行善虽好却也无人称赞，过分担忧生死之事会损伤生命，不如顺应自然，以达观的态度等闲视之，正如《归去来兮辞》结尾处所说"聊乘化以归尽，乐夫天命复奚疑"，一切顺其自然，乐安天命，死后便寄身于青山，何尝不是圆满？陶诗的一大特点，便是直陈其事，语言虽然平淡浅显却蕴含哲理，竟有种"于无声处听惊雷"的意味，深得自然之趣。面对死亡，人们多半是如王羲之《兰亭集序》中所言"向之所欣，俯仰之间，已为陈迹，犹不能不以之兴怀，况修短随化，终期于尽！古人云：'死生亦大矣。'岂不痛哉！"的态度，这也没什么不好，毕竟都是普通人，有几个能真正悟透生死？但还是喜欢陶渊明对待生死的态度："纵浪大化中，不喜亦不惧。应尽便须尽，无复独多虑。"对于生死，如此豁达坦率，怎能不令人佩服？

拟挽歌辞（其三）

陶渊明

荒草何茫茫，白杨亦萧萧。
严霜九月中，送我出远郊。
四面无人居，高坟正嶕峣。
马为仰天鸣，风为自萧条。
幽室一已闭，千年不复朝。
千年不复朝，贤达无奈何。
向来相送人，各自还其家。
亲戚或余悲，他人亦已歌。
死去何所道，托体同山阿。

面对人生最终走向死亡的大结局，陶渊明思考良多，表现出通达的态度。在其去世以前即写了三首《拟挽歌辞》，假设自己已死，想象了自己死后的情景，其中第一首写殓，第二首写祭，第三首写葬。这三首诗诗人均表达了自己对生死的看法和态度，通达而自然。

全诗大意：荒草白茫茫的一片，白杨也在风中萧瑟。已是九月寒霜降，我的灵柩被送到远郊安葬。荒郊野外没有人居住，只有坟墓耸立的凄凉的坟场。马儿为之仰头长嘶，风也为之萧瑟作响。墓穴一旦封闭，永远不能再见曙光。永远不能再见曙光，贤达的人也一样无可奈何。来给我送葬的人们，已各自回到家中。亲戚中有些人还有些悲伤，别的人却已经把我遗忘，在欢乐歌唱。已经死去还有什么话可说呢，只是把身体寄托在青山之中罢了。

陶渊明崇尚自然，他对生和死的看法也是尚乎自然的，"有生必有死，早终非命促"，生或死，他都未尝放在心上，或许也曾执迷不悟，但好在后来悟了。他热爱生活，会"登东皋以舒啸，临清流而赋诗"，会"采菊东篱下，悠然见南山"，也正因为热爱，所以他会思考死亡。对于死亡，这一世上所有生灵都无法打破的魔咒，他的态度是豁达的，"纵浪大化中，不喜亦不惧。应尽便须尽，无复独多虑"。人在天地之间沉浮，应当泰然处之，该死的时候就死去好了，何必思虑过度。说实话，陶渊明对死亡的态度，是本人最为欣赏的一种，"千秋万岁后，谁知荣与辱。但恨在世时，饮酒不得足"，死后哪里还有什么荣誉与羞辱呢？只是遗憾没有喝到足够的酒罢了。多么豁达洒脱的人啊！他对死后的幽冥世界一点也不在意，"千年不复朝，贤达无奈何"，但凡死后都要长眠黑暗，再贤明的人也不例外啊，有什么可执迷强求的呢？似乎对死亡人们总是有那么些敬畏和忌讳的，而在陶渊明之前，还没有人从已亡人的角度设想过死后的各种情景，这无疑是一大创新。人生短促，死亡不可避免，如何对待生、如何迎接死总是无法逃避的问题，有提倡活着时及时行乐的，也有求仙问道不愿死去的，但我总觉得，还是陶渊明的态度最好，"死去何所道，托体同山阿"，死后还有什么可说的呢，将身体托付于青山之中就好了，不必执着于生死，一切顺应自然。或许有一天，当我们达到了陶渊明那样的思想境界，能够以与"大化"合一的身份和超越生死的眼光来看世界的时候，才能更好地理解死亡吧。

拟行路难（其四）

鲍　照

泻水置平地，各自东西南北流。
人生亦有命，安能行叹复坐愁？
酌酒以自宽，举杯断绝歌路难。
心非木石岂无感？吞声踯躅不敢言。

鲍照（约414—466），字明远，东海（今山东郯城）人。刘宋时期著名诗人，与谢灵运、颜延之并称为"元嘉三大家"。鲍照出身庶族地主家庭，虽才华出众，抱负过人，但由于当时的严苛腐朽的门第制度，终身沉沦于官场中下层，最后因卷入政治斗争而在乱军中被杀。鲍照的诗歌多能反映下层文人在被压抑的命运下的呼声。《拟行路难》就是其中的代表，这里所选为第四首。

全诗大意：将水倒在平地上，水会向着不同方向流动。人生生来也是有宿命的，怎么能总是自怨自艾叹息哀愁呢？喝点酒来宽慰自己，因举杯饮酒而导致我中断了歌唱《行路难》。人心又不是木头、石头，怎么会没有感情？把想说的话吞进肚子，在此处徘徊不前，我不敢再多说什么了。

全诗首先以水作喻，想象新奇而寓意深刻：水倒在地上，向四方流淌，这是最普通的自然现象了，可就在这"普通"之中，诗人却悟出了人生哲理：那流向"东西南北"不同方位的"水"啊，不就像是那生活中门第出身不同的人吗？如果说人生来命运就是注定的，那哀怨忧愁又有什么用呢？这样的自我安慰之语倒是更令人觉察到其苦闷至深。"酌酒以自宽"，喝酒是为了"自宽"，可若是酒真能消愁，想来这世上怕是要少许多名篇佳作了。人终究不是草木啊，面对如此黑暗的社会，怎么能够无动于衷呢？可是对于无权无势、出身寒微的寒门士子来说，在强大的黑暗的社会政治面前，除了忍气吞声又能做什么呢？这不是一个群体的悲哀，而是一个时代的悲哀。

此诗语言自然晓畅，情感转换恰到好处，寓意深厚悠远，十分耐人品味。此诗的情感表达虽含蓄不露，却诚如沈德潜所说，"妙在不曾说破，读之自然生愁"。

拟行路难（其六）

鲍　照

对案不能食，拔剑击柱长叹息。
丈夫生世会几时，安能蹀躞垂羽翼？
弃置罢官去，还家自休息。
朝出与亲辞，暮还在亲侧。
弄儿床前戏，看妇机中织。
自古圣贤尽贫贱，何况我辈孤且直！

六朝时期实行士族门阀制度，在此制度下，出身对于饱有才华、渴望建功立业的寒门士子来说成为一道不可逾越的鸿沟。从鲍照自己的文章来看，"北州衰沦，身地孤贱""负锸下农""田茅下第"等，通过这些描述，不难推断出其家世的微寒。而在当时，寒门士子渴望凭借自己的才能来实现个人价值，不仅是不现实的，而且他们还要面对社会现实的压制和世俗偏见的冷遇。所以鲍照常借诗歌来抒发他建功立业的愿望和对门阀制度的愤懑不满。此诗延续着鲍照的一贯批评风格而又有发展创新。

全诗大意：对着桌上的食物却难以下咽，拔出宝剑对着柱子挥舞发出长长的叹息。人生在世有多长时间，怎么能因为一时小步走路的失意而丧气？辞去官职离开，回到家中休养生息。早上出门时与家人道别，傍晚回家后还在亲人身边。在床前陪孩子玩耍，看妻子在织布机前织布。自古以来圣贤的人都生活得贫贱，更何况我这个人既孤高又正直呢？

这首诗与《拟行路难（其四）》的含蓄不露相比，写法上要直露得多，但此诗也并非一泻到底。起调的高亢，转为中间的平和，再到结语的峭拔，跌宕起伏，有张有弛，构思十分巧妙。在仕宦生涯中倍受摧抑的悲愤、想象辞官回家后享天伦之乐的惬意、对黑暗社会现状的愤懑不平，全诗情感多次转换，却毫不突兀，深刻地表现了对社会政治制度的不满、无力改变状况的无奈以及怀才不遇无法施展抱负的苦闷。这些情感，对于同样"孤且直"的寒门志士来说，是一样的，这是由时代造成的。鲍照说"丈夫生世会几时，安能蹀躞垂羽翼？弃置罢官去，还家自休息"，除却对不合理社会制度的控诉与胸中不平愤慨的抒发，这两句中隐隐表现出的傲气更令人惊叹，若无此傲气，怕是鲍照的诗会少许多味道。

钟嵘《诗品》慨叹说鲍照"才秀人微，故取湮当代"，可见其遭遇有多么凄惨了。凄惨的遭遇使得他胸中有很多的不平之气，也使得他对现实有着更为清醒的认识。鲍照的作品艺术风格俊逸豪放，奇矫凌厉，继承了建安传统，对后世的诗人，如李白、岑参、高适、杜甫有着很大的影响。

拟咏怀（其四）

庾　信

楚材称晋用，秦臣即赵冠。
离宫延子产，羁旅接陈完。
寓卫非所寓，安齐独未安。
雪泣悲去鲁，凄然忆相韩。
唯彼穷途恸，知余行路难。

庾信（513—581），字子山，小字兰成。南阳郡新野县（今河南新野）人。出身贵族，"幼而俊迈，聪敏绝伦"，博览群书，不仅有文名，而且有军事才能，在梁朝曾任抄撰学士、东宫掌兵官。梁武帝太清二年（548）侯景叛乱，建康沦陷，梁元帝萧绎在江陵即位，庾信奔赴江陵，被任为右卫将军，封武康侯，加散骑待郎。承圣三年（554）奉命出使西魏到长安。此时西魏却发兵攻陷江陵，元帝遇害。江陵王公贵族、官民十万余人被俘到长安为奴婢。西魏爱庾信文才，任以高官。北周代魏后，对他更是宠遇有加。这时期庾信虽然位居通显，但由于国破家亡，羁旅北地，内心痛苦，时常怀念祖国和故乡。其诗赋多抒写故国之思。《拟咏怀》二十七首，就是其中的代表作。此处所选为第四首。

全诗大意：楚国的人才被晋国重用，秦国的臣子本来是赵国人。子产废坏晋国的院墙换来晋国对郑国的礼遇，陈完投奔齐国受到桓公的厚爱。黎侯寄寓在卫国，那本是他的安居之地；重耳安于齐国的生活，也最终未得安定。孔子痛哭流涕离开鲁国，张良含悲要为韩国复仇。只有阮籍的穷途痛哭，能了解我在这世路上的艰难。

此诗是诗人在自述羁留北地实属无奈，不是出于本愿。虽然不是自愿，但他还是被强迫着做了北周的官，无论如何，这都是丧失民族气节的行为，这让他既觉耻辱又感痛苦，他不止一次在诗中流露出自己不忘故君，如"抱松伤别鹤，向镜绝孤鸾"。而如"倡家遭强聘，质子值仍留"，则是自述被迫仕周；"唯有丘明耻，无复荣期乐"，是自责靦颜事敌；"不言登陇首，唯得望长安"，是羁留之恨；"还思建业水，终忆武昌鱼"，是故土之思；"胡尘几日应尽，汉月何时更圆"，是望归之心；"虽言异生死，同是不归人"，是绝望之痛等等。这些诗不仅是写出了身世之痛，还流露着故国之思。

庾信在北方的生活给他带来了深切的耻辱、悲痛，他后半生的很多作品都带有沉痛悲凉的感情基调。难以自由倾吐的情感，不仅不会因为时间而淡去，反而会随着时间而愈发沉重。"庾信文章老更成，凌云健笔意纵横。"庾信后期的诗写得苍凉悲壮，情感真诚，语言真挚，具有很强的感染力。

拟咏怀（其七）

庚　信

榆关断音信，汉使绝经过。
胡笳落泪曲，羌笛断肠歌。
纤腰减束素，别泪损横波。
恨心终不歇，红颜无复多。
枯木期填海，青山望断河。

此诗表达了诗人对家乡的强烈思念，表达了对自己无法回到家乡的无奈和悲痛之情，塑造了一个因满怀乡国离恨而消瘦憔悴、悲痛欲绝的形象。

全诗大意：身处遥远的边关早已没有了故乡的消息，汉家的使者从来不到这里。听着胡笳之声黯然落泪，那羌笛之音也令我断肠。腰肢渐细，已穿不起昔年的衣服；眼泪流得太多也有害眼睛。离别家乡的遗憾将永不消歇，只可惜我的年华已所剩不多。想象那精卫鸟衔着枯树枝也要填平东海，我隔着青山遥望关河，也是望眼欲穿。

前四句写身处北国孤寂凄凉的环境，用以古喻今的方法，侧重表现南北联系断绝的寂寞。此时，南朝梁代已亡，代之而起的是陈代。胡笳、羌笛都是少数民族的乐器，正所谓"故园无此声"，用这些少数民族的乐器演奏的乐曲如何不让异乡人潸然泪下？"纤腰减束素"以下四句以男女关系比喻君臣关系，诗人自喻为红颜女子，因思念故国而腰身消减，因永远别离而以泪洗面，更是因为悲伤过度而导致了红颜过早衰老。正所谓"衣带渐宽终不悔，为伊消得人憔悴"，以"闺怨"来表达对家乡的思念，其感情之感染力更甚其他。结尾处引用的典故出自《山海经》和《水经注》，这两个典故都是为了表达自己南归故国的愿望，就像用枯木填海、青山断河一样，都是有生之年不可能实现的了。

杜甫说："庾信平生最萧瑟，暮年诗赋动江关。"庾信由南入北的人生经历给他的诗歌创作风格带来了很大的影响，由南入北后，尽管他采用的仍然是惯用的南方文学的形式技巧，但作品风格已显然不同。也正因为在时代命运面前悲伤无奈，"无心插柳柳成荫"，才使得他有机会成就"穷南北之胜"的文名。本诗以流落的思妇自喻，词句痛切，音韵和谐，情感真挚，感人至深。

唐诗
篇

感　遇 (其二)

陈子昂

兰若生春夏，芊蔚何青青。
幽独空林色，朱蕤冒紫茎。
迟迟白日晚，袅袅秋风生。
岁华尽摇落，芳意竟何成。

陈子昂（659—700），字伯玉，梓州射洪（今四川射洪）人。唐初著名诗人。后被权相武三思指使射洪县令罗织罪名而死于狱中。陈子昂是初唐诗风的主要革新者。其诗歌多风骨昂然，苍劲有力，摆脱了六朝诗歌的浮靡之习。曾以感慨身世及时政为主旨创作三十八首《感遇》诗，这里所选为第二首。诗中以香兰杜若自喻，托物感怀，寄意深远。

　　全诗大意：兰花和杜若在春夏之际生长，枝叶是那样的茂盛。在空寂的林中独自散发着幽雅的色彩，朱红色的花下垂覆盖着紫色的花茎。渐渐地太阳出来的时间变晚了，秋风也慢慢地吹拂起来。一年的末尾花儿凋零，美好的心愿究竟要如何实现。

　　本诗开篇即赞美了兰花和杜若在幽静孤独的环境中，仍茂盛生长的风采。"幽独空林色，朱蕤冒紫茎。"在空无人迹的山林之中，兰花和杜若也不改其美好秀丽的颜色，它们并没有因为无人欣赏而改变自己幽雅清秀、艳压群芳的风姿。然而一年一年草木荣枯，时间一点点地过去，不久春夏就过去了，秋风吹来了，时令使然，所有的花朵都要枯萎凋零。在季节更迭无情的摧残下，兰花和杜若也一样无法逃脱"岁华尽摇落"的命运。此诗通过写兰若的美丽芳姿，来比喻自己才华横溢、品格高远，通过写"空林"来写自己怀才不遇、壮志难酬，同时"朱蕤冒紫茎"一句，也表明诗人虽因怀才不遇而苦闷，但是却不会改变自己高洁品质的初心。然而芳华易逝，时不我待，那懂得赏识千里马的伯乐又要到何处去寻找呢？

登幽州台歌

陈子昂

前不见古人，
后不见来者。
念天地之悠悠，
独怆然而涕下。

武则天万岁通天元年（696），陈子昂随武攸宜远征契丹。武攸宜指挥不力，连遭败绩，陈子昂多次进谏，反被降为军曹。陈子昂心情极为苦闷，登上传说中当年燕昭王招贤的黄金台，感慨万千，而作此诗。

全诗大意：向前看，看不到古代的贤君；向后看，也看不到未来的明主。想起天地间无穷无尽的时空，不禁独自掉下泪来。

此诗名为"登幽州台歌"，通篇对幽州台没有任何的描写，只是铺陈诗人的感慨，显得古朴刚健，大有魏晋之风。仿佛读者随着诗人登上那幽州台，在台上，眼前的一切都已不再重要，因为遥远的历史气息扑面而来，想想前代君王的贤明，想想后世必将还有明主，唯独诗人身处没有明君的时代，一种悲伤感不禁袭来。而这种悲伤又根本不是人力所能扭转的，这感慨又深重几分。从结构上看，前两句写时间的无穷，第三句写空间的浩茫，都极力展现其间的苍茫之感，第四句则写诗人个人的情绪，显得不那么对称，却极见匠心。诗人将个人渺小的生命置于无尽的历史长河中，深刻地感受到无力感与当前的悲愤之意，写尽古来怀才不遇士人的大悲哀。有必要指出的是，此诗的四句话都是有所出处的。前两句据孟启《本事诗》言，是南朝宋孝武帝读到谢庄《月赋》时感慨的原话，后两句则是对屈原《远游》"惟天地之无穷兮……心愁凄而增悲"两句的改写，类似的感慨在《蓟丘览古》出现过。但这并不影响此诗的表达效果，诗人以其出色的艺术技巧融化前人成句而有所新意，其感情的震撼力更是远超前者。

感　遇（其一）

张九龄

兰叶春葳蕤，桂华秋皎洁。
欣欣此生意，自尔为佳节。
谁知林栖者，闻风坐相悦。
草木有本心，何求美人折。

张九龄（678—740），字子寿，韶州（今广东韶关）人。唐玄宗时期有名的贤相。开元后期，唐玄宗沉迷酒色，宠幸奸佞，朝政日趋黑暗腐败。为了规劝玄宗励精图治，张九龄曾撰《千秋金鉴录》一部，专门论述前代治乱兴亡的历史教训，并将它作为对皇帝生日的寿礼进献给玄宗。唐玄宗心中不悦，加上李林甫的谗谤、排挤，张九龄被贬为荆州长史。遭贬后，张九龄运用比兴手法，托物寓意，作《感遇十二首》，表达自己的气节清高坚贞。

全诗大意：春天的兰花茂盛，秋天的桂花皎洁。草木有勃勃的生机，顺应了美好的季节。谁知道林间栖息的人，会因为闻到芬芳而感到喜悦。草木的生机是出于本心，怎么会乞求美人折枝赏玩。

春兰、秋桂都是预示高洁的植物，在适当的时节，它们会散发出勃勃生机，而那无意中随风传播的自然清新的草木之香，则会让林中高雅的隐士感到愉悦。然而草木会展示出欣欣向荣的模样，并非是希望有人来采摘它、欣赏它，仅仅只是因为它们本性如此而已。其实人也是一样的，很多时候我们会去做一件事情，并不是因为它会给我们带来多大的好处，仅仅只是因为我们受本心驱使做了合适的选择罢了。诗人托物言志，以春兰和秋桂高洁的品质，来比喻自己孤芳自赏的高尚节操以及不求人知的高志美德。

全诗语言清新自然，叙述风格平静、和缓，与诗人恬淡、从容的气度紧密相关。此诗借草木以言志，寓意深刻，暗含哲理，耐人寻味。

感　遇 (其七)

张九龄

江南有丹橘，经冬犹绿林。
岂伊地气暖，自有岁寒心。
可以荐嘉客，奈何阻重深。
运命唯所遇，循环不可寻。
徒言树桃李，此木岂无阴。

唐玄宗开元二十五年（737），张九龄由尚书丞相贬为荆州长史。晚年遭谗毁，忠而被贬，胸中的不平之愤可想而知。

全诗大意：江南生有丹橘，在冬天枝叶也是翠绿不凋谢。不仅仅是因为江南地气暖和的缘故，更因为它本身具有耐寒的品性。这些可口的丹橘可以献给远方尊贵的客人，却无奈有重重苦难阻碍。命运的好坏取决于所遭遇的事情，因果循环的奥秘难以寻到。只能说如果桃李有果有林的话，丹橘难道就没有树荫吗。

此诗中诗人以丹橘自喻。丹橘不仅果实美味，而且还经得起严冬风霜的考验，四季常青，丹橘之所以可以四季常青，并非是因为江南气候暖和，而是因为它有着耐寒的本性，和诗人一样有着坚强不屈的精神、高洁傲岸的美德。

正如通道受阻无法将美味的丹橘呈献给远方尊贵的客人，诗人也因言路被阻塞而无法将贤者推荐给朝廷。虽然被诬陷，被贬斥，诗人仍旧心系国家政权，渴望多有良臣贤者辅佐朝政，可惜主君并不能广开言路、重用贤才，如此看来，诗人忠君爱国的品质倒是显得既可贵又可悲了。命运的好坏啊，只是因为遭遇的不同，就像那循环往复的因果规律一样，其中的道理谁又能捉摸得透呢？"徒言树桃李，此木岂无阴"，诗人不仅在为橘树鸣不平，也是在为贤者鸣不平。主君宠幸奸臣，听信谗言，阻塞言路，朝政日趋黑暗腐朽，如何不令人痛心疾首？

此诗构思精巧，以丹橘开篇，以丹橘结尾，前呼后应，结构严密，内涵深刻，动人心弦。

岁暮归南山

孟浩然

北阙休上书，南山归敝庐。
不才明主弃，多病故人疏。
白发催年老，青阳逼岁除。
永怀愁不寐，松月夜窗虚。

孟浩然（689—740），名浩，字浩然，号孟山人，襄州襄阳（今湖北襄阳）人，唐代著名的山水田园派诗人，世称"孟襄阳"。孟浩然是盛唐著名的隐逸诗人，但早年也有一段求仕历程。大约在唐开元十六年（728），四十岁的孟浩然在应进士举时落第了，这样的结局让他大为懊恼沮丧，心情十分苦闷，他想直接向皇帝上书，又很犹豫，此诗便是在这样复杂的心情下写出来的。

全诗大意：不会再给北面的朝廷上书，返归我那在南山的破旧的茅屋。我本来就没有才能，难怪被明主嫌弃，又因体弱多病导致朋友与我生疏。白发增多一天天催人老去，阳春三月来到，旧的一年将要过去。满怀的忧愁使我难以入睡，窗外月光映照下的松林一片空寂。

对于寒窗苦读多年的文人士子来说，名落孙山是一个很大的打击，几乎让人无法承受。对于孟浩然来说也是一样，自认满腹经纶，又颇有诗名，却落第了，心中的怨恨不平可想而知。此诗虽有想要归隐世外之语，表达的情感却是在尘世之内的。诗人开篇所说的"休上书""归敝庐"，是真的"心之所向"吗？恐怕更多的是在落第不得用的情况下的无奈之语。那么不得用的原因是什么呢？真的是"不才"吗？显然这不是诗人所认为的真正的原因，说自己"不才明主弃"，其实想表达的真实含义应该是"有才反被弃"，这一句中包含了太多太多，有怨悱，有自怜，有哀伤，有苦闷……感情十分复杂。怀才不遇，壮志难酬，不知不觉已经是两鬓斑白，正所谓"岁月不待人"，诗人还有多少成就功名的时间呢？

此诗看似语言显豁，实则内涵深厚悠远。仕途的失意，怀才不遇的苦闷，对光阴易逝的慨叹，不愿布衣终老的无可奈何，一切的一切都让诗人忧虑难安，就像月夜里那寂寥的松林，空虚而孤寂。

封 丘 作

高 适

我本渔樵孟诸野，一生自是悠悠者。
乍可狂歌草泽中，宁堪作吏风尘下？
只言小邑无所为，公门百事皆有期。
拜迎长官心欲碎，鞭挞黎庶令人悲。
归来向家问妻子，举家尽笑今如此。
生事应须南亩田，世情尽付东流水。
梦想旧山安在哉，为衔君命且迟回。
乃知梅福徒为尔，转忆陶潜归去来。

高适（704—765），字达夫，一字仲武，渤海蓚（今河北景县）人，后迁居宋州宋城（今河南商丘）。唐代著名边塞诗人。曾任刑部侍郎、散骑常侍，封渤海县侯，世称高常侍。有《高常侍集》。高适是唐代著名诗人中官位比较高的。但其出身寒门，年轻时郁郁不得志，饱尝贫困潦倒、浪迹草野的生涯。天宝八载（749），高适将近五十岁时，才因宋州刺史张九皋的推荐，中"有道科"。中第后，却只得了个封丘县尉的小官，大失所望。《封丘作》一诗就是诗人在天宝九载（750）秋，任封丘县尉时所作。

全诗大意：我原来是在孟渚的野外打鱼砍柴的人，生活十分悠闲。像我这样喜欢在草莽之间狂放歌唱的人，怎么能为那些不值得的卑微地位，忍受着世界的喧嚣。我觉得在小镇上没什么可做的，而且身在公门做什么事都有期限。我被那些接待高级官员的繁文缛节搞得筋疲力尽，更可悲的是要奉命驱策百姓。回到家向家人倾述，家人都笑着说，世道就是这样。生活还是应该以务农为主，世事人情还是交付给那东流而去的河水吧。我梦寐以求的故地在哪里，因为我奉君王的命令想去却暂时没有去。直到现在我才知道梅福多次上书的原因，然后我又想起了陶渊明放弃了功名利禄创作《归去来兮辞》的事情。

《封丘作》一诗像是作者在自述心志，音韵和谐，气势如虹，而且是句句发自肺腑，表达了自己出仕只能为小吏的无奈和不平，以及对政治腐朽黑暗的痛心疾首。诗人在此诗一开篇即表明了自己悔恨的心情，若是早知做官是这般模样，我定然是不愿意放弃自由自在的生活来做官的。"举头望君门，屈指取公卿"，我也曾有一腔热血，也曾有鸿鹄之志，也曾想报效国家，可如今身为小吏的我，不仅要忙着接待各种高官，而且还要帮他们压迫百姓，这哪里是实现理想的地方？诗人内心的矛盾与痛苦可想而知，可更可悲的是，诗人的家人对此并不在意，还劝说诗人世道就是如此，不需要在意，然而正是家人的"笑"，更让人明白诗人的率真、不谙世事在当时是多么来之不易。正所谓"既自以心为形役，奚惆怅而独悲？悟已往之不谏，知来者之可追。实迷途其未远，觉今是而昨非"，诗人也和陶渊明一样想选择回归田间，然而身在官位，又岂是说走就能走的？理想和现实之间的差距果然不是一星半点。

此诗语言质朴自然，情感真挚，表达了自己担任小吏的无奈与悲哀，以及不忍压迫百姓、不愿与世俗同流合污的高洁品格。全诗思路清晰，层次分明，意蕴深厚，而其中对政治的腐败、社会黑暗的控诉，更让人动容。

上 李 邕

李 白

大鹏一日同风起，扶摇直上九万里。
假令风歇时下来，犹能簸却沧溟水。
世人见我恒殊调，闻余大言皆冷笑。
宣父犹能畏后生，丈夫未可轻年少。

李白（701—762），字太白，号青莲居士，人称"谪仙人"，世称"诗仙"。李白是中国诗歌史上最杰出的浪漫主义诗人，其歌行体与七绝达到了后人难以企及的成就。李白在诗中多坦诚地表达对世界与人生的感受，毫无遮掩。这首诗是李白青年时代的作品。在开元七年至九年（719—721）前后，李邕曾任渝州（今重庆市）刺史，李白可能在这一阶段拜访过李邕。《旧唐书·李邕传》称李邕"颇自矜"。李白对李邕轻待年轻人的态度极其不满，于是在临别时写了这首《上李邕》。

全诗大意：大鹏随着风而起，扶摇直上可以达到九万里的高度。如果它在风停时下来，其力量之大可以将沧海的水簸干。世人知道我喜欢发表特殊的言论，听了我的言论后都不以为然地冷笑。孔圣人尚且说后生可畏，大丈夫怎么能轻视年轻人。

此诗以"大鹏"这一意象贯穿全诗。大鹏是源自《庄子·逍遥游》中的神鸟，是一只象征着自由和有远大志向的鸟，传说"鹏之背，不知其几千里也；怒而飞，其翼若垂天之云"，"鹏之徙于南冥也，水击三千里，抟扶摇而上者九万里"。此诗一开篇便极夸张地描写了大鹏鸟出神入化的能力，意在表明自己和大鹏鸟一样能力出众、抱负远大。在诗人笔下，"世人见我恒殊调，闻余大言皆冷笑"一句中的"世人"仿佛是《逍遥游》中嘲笑大鹏鸟的"蜩与学鸠"的翻版。这一句表面上是对世人的目光短浅表示嘲讽，实际上却是在讽刺李邕，俗话说"真理往往掌握在少数人手中"，果然大多数的"燕雀"是难以理解"鸿鹄之志"的。最后两句是对《论语·子罕》中"子曰：'后生可畏。焉知来者之不如今也？'"一句的化用，虽然措辞比较委婉，但在一首直接给李邕的诗里这样揶揄他，李白的胆识非同一般。透过全诗来看，李白的态度相当不客气，可以感受到其年轻时候的血气方刚，以及其言语中的自负。

南陵别儿童入京

李 白

白酒新熟山中归，黄鸡啄黍秋正肥。
呼童烹鸡酌白酒，儿女嬉笑牵人衣。
高歌取醉欲自慰，起舞落日争光辉。
游说万乘苦不早，著鞭跨马涉远道。
会稽愚妇轻买臣，余亦辞家西入秦。
仰天大笑出门去，我辈岂是蓬蒿人。

天宝元年（742），已过不惑之年的李白得到了唐玄宗召他入京的诏书。他异常兴奋，以为可以大展拳脚，实现自己"申管晏之谈，谋帝王之术，奋其智能，愿为辅弼，使寰区大定，海县清一"的理想，所以怀着满心欢喜与期待离家入京，并写下了此诗。

全诗大意：酒刚刚酿好的时候我从山中归来，黄鸡啄着谷粒秋意正浓。喊着童仆给我炖鸡上酒，孩子们嬉笑着牵扯我的衣襟撒娇。想要借醉酒高歌来表达快慰之情，跳起舞来敢与夕阳争夺光辉。想要游说主君却苦于时间不早，不在乎路途遥远，快马加鞭地去追赶。会稽有愚蠢的妇人因贫穷而看不起朱买臣，如今我也要离开家到西方的长安去。仰面朝天纵声大笑着走出门去，我怎么会是长期身处草野的人。

一直以来，人们都喜欢将李白定位为"仙"，不论是他的诗作，还是他这个人，似乎都是超凡脱俗的，是不屑于功名利禄的，但通过此诗我们不难发现，其实李白也是有着很强的"入仕"之心的，只不过因为他这个人性格中有着无法忽略的自负、轻狂等弱点，所以他不屑于同一般文人一样通过参加科举考试的方式入仕。对于李白来说，一生在政治上都未能受到重用，应该是一大遗憾，但我觉得，恰恰是仕途的失意成就了他的文学。天宝元年唐玄宗的那一纸诏书或许是命运和李白开了一个大玩笑，但无论如何，至少在"仰天大笑出门去"的那一刻，以为可以大展宏图的李白是真心喜悦的，这就足够了。

月下独酌 (其一)

李 白

花间一壶酒，独酌无相亲。
举杯邀明月，对影成三人。
月既不解饮，影徒随我身。
暂伴月将影，行乐须及春。
我歌月徘徊，我舞影零乱。
醒时同交欢，醉后各分散。
永结无情游，相期邈云汉。

这组《月下独酌》诗约作于唐玄宗天宝三载（744），当时李白在长安，正处于官场失意之时。政治理想不能实现之时，心情无疑是悲痛苦闷的。但他面对黑暗的现实，没有沉沦，更不愿与其同流合污，他选择了坚持自己所向往的自由与光明，只有在酒中获得慰藉。此诗便在这一背景下诞生。

全诗大意：在花丛间准备了好酒，没有人作陪只能独酌。举起杯邀请月亮共饮，加我的影子正好三人。月亮不懂得饮酒，影子只知道跟在我的身前身后。暂且和月亮影子做伴，趁着春宵良辰要及时行乐。我唱歌月亮徘徊不定，我起舞影子飘前飘后。清醒时我们共同欢乐，酒醉以后各奔东西。希望能和月亮、影子永结无情之游，在茫茫的天河中相见。

有花，有酒，有月亮，却也有孤独，虽然是良辰美景，但孤独寂寞的诗人只能和月亮、影子做伴，有了月亮和影子做伴的诗人是否不那么孤独了呢？可惜"月既不解饮，影徒随我身"，孤独还是无解。暂且不管这些，还是要及时行乐啊！愿与月亮、影子结"无情游"，相约在邈远的天上仙境再见。

李白的诗一向都以想象之丰富、奇丽著称，此诗也不例外，诗人运用了十分丰富的想象。全诗以独白的形式来写，感情既跌宕起伏却又率性纯真，有"无相亲"的孤独寂寞，有对月亮影子不解风情的惋惜，有"行乐须及春"的率性豪迈，也有"永结无情游，相期邈云汉"的执着追求，情感虽多样而复杂，但此诗毫无做作、刻意之嫌。正如沈德潜在《唐诗别裁》中所评价的："脱口而出，纯乎天籁。此种诗人不易学。"

月下独酌 (其三)

李　白

三月咸阳城，千花昼如锦。
谁能春独愁，对此径须饮。
穷通与修短，造化夙所禀。
一樽齐死生，万事固难审。
醉后失天地，兀然就孤枕。
不知有吾身，此乐最为甚。

如果说第一首表达的是诗人在酒中花间的浪漫自得之意，此诗展现的就是诗人在酒后对人生穷通的深刻思考，在李白的诗歌中别具一番风貌。

全诗大意：三月里的咸阳城，各种各样的花团锦簇。谁能像我一样在春季里忧愁，面对这样的美景只知道一直喝酒。富贵贫贱，寿命长短，是因为造化不同所导致的。酒杯之中死与生没有差别，世上的万事本来就没有是非定论。喝醉之后失去了对天地的概念，一头扎在了孤零零的枕头上。沉醉之中忘却了自己，这是最大的快乐。

虽然春花似锦，但诗人却因为忧愁而不能乐游，诗人说"对此径须饮"有借酒消愁之意。但若是仅仅如此，这首诗的意境内涵倒是显得逊色了些。这首诗最吸引人之处就在于以旷达之语来写苦闷，以欢乐之词来写愁苦。虽然"谁能春独愁"一语是诗人对内心的失意悲观情绪的直接表达，但总体来说此诗还是旷达乐观的。尽管这些旷达乐观的话，更多的是在自我宽慰。当李白在痛苦至极、失意愁寂难以排遣的时候，当他说"不知有吾身，此乐最为甚"的时候，我们感受到的，不是真的"乐"，而是一种悲凉，一种内心痛苦却也强颜欢笑安慰自己的悲凉。

行路难（其一）

李 白

金樽清酒斗十千，玉盘珍馐直万钱。
停杯投箸不能食，拔剑四顾心茫然。
欲渡黄河冰塞川，将登太行雪满山。
闲来垂钓碧溪上，忽复乘舟梦日边。
行路难！行路难！多歧路，今安在？
长风破浪会有时，直挂云帆济沧海。

天宝元年（公元 742 年），李白奉诏入京，担任翰林供奉。结果不仅未得重用，而且还受到了权臣的谗毁排挤，最后被"赐金放还"。李白被变相撵出长安，他深感仕路的艰难，满怀愤慨写下了此篇《行路难》。

全诗大意：金杯里装着一斗要十千钱的清酒，玉盘中盛着价值万钱的菜肴。吃不下的我放下了酒杯和筷子，拔剑环顾四周心里一片茫然。想渡过黄河，却被坚冰阻塞，想登上太行，满山的白雪已将山路封死。闲来无聊在溪上钓鱼，忽然又像做梦乘船经过了太阳的旁边。行路艰难啊！行路艰难！眼前可选择的路这么多，我该如何选择方向？相信总有一天能乘长风破万里浪，在沧海中高高挂起云帆勇往直前。

对于生性豪爽、爱酒的李白来说，面对美酒佳肴却"不能食"，可想而知其内心的愤慨惆怅。"停""投""拔""顾"四个连续的动作，形象地显示了诗人内心的苦闷抑郁、感情的激荡变化。"冰塞川""雪满山"就像是人生道路上的艰难险阻，从"仰天大笑出门去，我辈岂是蓬蒿人"到"赐金放还"不过短短两年时间，可对于李白来说，心境上却有了天翻地覆的变化。满怀可以一展政治抱负的希望受诏入京，却仕途失意而离京，但这并不能使李白消沉。李白生性是乐观旷达的，一时的失意不仅不会将他击倒，反而会使他更有追求理想的动力。你看那吕尚、伊尹，他们二人在政治上开始时也并不顺利，但最终还是大有作为。这是诗人自己在给自己增加信心。虽然未来之路尚不可知，但倔强又自信的李白相信尽管前路障碍重重，但仍会有乘长风破万里浪的一天。

行路难（其二）

李　白

大道如青天，我独不得出。
羞逐长安社中儿，赤鸡白雉赌梨栗。
弹剑作歌奏苦声，曳裾王门不称情。
淮阴市井笑韩信，汉朝公卿忌贾生。
君不见昔时燕家重郭隗，拥篲折节无嫌猜。
剧辛乐毅感恩分，输肝剖胆效英才。
昭王白骨萦蔓草，谁人更扫黄金台？
行路难，归去来！

这首《行路难》相比上首，表现得更为愤激，李白的感情经过此前的酝酿，再也无法控制，犹如滔滔江水，一泻而下，呈露出更为遒劲与奔腾的风致。

全诗大意：人生的道路像青天一样宽广，却唯独没有我的出路。我羞于追随长安城中的那些富家子弟，从事那些斗鸡类的赌博游戏。弹着剑唱着歌倾诉苦楚，在权贵门前卑躬屈膝是不合我心意的。当年淮阴市井讥笑韩信怯懦无能，汉朝公卿大臣嫉妒贾谊才能超群。你看那古时燕昭王重用郭隗，拥箒折节，用人不疑。剧辛和乐毅感激知遇的恩情，呕心沥血报效君主。燕昭王已经死去多年，还有谁能像他那样重用贤士呢？世路艰难啊，归去吧！

"大道如青天，我独不得出"这个开头格局之大，胸襟之广，非李白才能写得出。如青天般宽阔的大道，却唯独没有"我"的出路，不禁令人好奇。上层社会的富家子弟喜欢斗鸡游戏，可诗人不愿意通过斗鸡来结交纨绔子弟"走后门"，并且表示自己羞于去追随"长安社中儿"，不屑与他们为伍。他希望可以"平交王侯"，但权贵们不仅不把他当一回事，而且还使他像韩信、贾谊一样被嘲笑、被打压，这让他十分愤懑。怀才不遇让他觉得孤独、苦闷，想当初燕国君臣之间互相尊重和信任多么令人向往啊！"君不见昔时燕家重郭隗，拥箒折节无嫌猜。剧辛乐毅感恩分，输肝剖胆效英才。"几句中流露出诗人对建功立业的渴望以及他对理想的君臣关系的追求。可惜燕昭王早已不在，世上再没有像他一样重用贤士的主君了，这表露出诗人对现实政治的不满。"行路难，归去来！"既是最沉重的叹息，也是最无奈的抗议。

将 进 酒

李 白

君不见，黄河之水天上来，奔流到海不复回。
君不见，高堂明镜悲白发，朝如青丝暮成雪。
人生得意须尽欢，莫使金樽空对月。
天生我材必有用，千金散尽还复来。
烹羊宰牛且为乐，会须一饮三百杯。
岑夫子，丹丘生，将进酒，杯莫停。
与君歌一曲，请君为我倾耳听。
钟鼓馔玉不足贵，但愿长醉不复醒。
古来圣贤皆寂寞，惟有饮者留其名。
陈王昔时宴平乐，斗酒十千恣欢谑。
主人何为言少钱，径须沽取对君酌。
五花马，千金裘，呼儿将出换美酒，与尔同销万古愁。

《将进酒》是唐代大诗人李白沿用乐府古题创作的一首诗，关于创作时间说法不一，一般认为是李白长安放还后所作。此诗雄奇豪放，音律和谐多变，语言流转自然，思想深沉，感情丰富，是一首极具"李白色彩"的佳作。

全诗大意：你看那黄河水从天上流下来，奔腾向海，再不回还；你看那高堂明镜中苍苍白发，早上还是黑的，晚上就变白。所以人生得意时要尽情享受欢乐，不要让金杯空空对着明月。天造就了我成材必定会有用，黄金即使散尽也还会再得到。煮羊宰牛，纵情痛饮，岑夫子、元丹丘啊，两位老友，不要停杯啊。你们且听我高歌一曲。钟乐美食这般富贵，并不稀罕，我愿永远沉醉酒中不愿清醒。你看那古来圣者仁人，今日大都籍籍无名，只有那善饮的人还有人记得。当年陈王曹植在平乐观中大摆酒宴，开怀畅饮名贵美酒。主人你为什么说钱已经不多，你尽管端酒来让我陪朋友喝。我那五花马跟千金裘，统统拿去，来换美酒，与你同饮来消融这万古之愁。

此诗开篇两句便用气势雄伟豪迈的话表达了极悲壮的情感，黄河的水仿佛是从天上降落下来汇入大海的，人生啊，由年少到年老，仿佛就是一朝一暮之间的事，像这奔流不息的河水，一去不返。生命的渺小，岁月的易逝，给人以无可奈何的悲凉之感，可李白是谁？就算是描写悲情，他也绝不甘心落入俗套，他笔下的感伤有一种强烈的美感，具有惊心动魄的力量。"夫天地者，万物之逆旅也；光阴者，百代之过客也"，而正因为生命易逝，才要尽情欢乐，不要白白浪费了光阴。"天生我材必有用，千金散尽还复来"，这是多么自信的一个人啊！虽然经历了仕途失意，可李白仍雄心不改，豪情不减。

此诗看起来尽是感慨人生之语，实则暗含对自身政治失意的愤慨。古代的圣贤啊，都是"寂寞"的，你看那才华横溢的陈王曹植不也在朝堂之上备受猜忌、有志难展吗？所以还是让美酒来帮忙消除"万古愁"吧。其中"惟有饮者留其名"一句更是直接表明了自己怀才不遇的失望与悲愤，空有一身才华却要借酒留名，对李白来说，是极大的讽刺。

《将进酒》篇幅不算长，但全诗气势豪迈，感情奔放，语言流畅，有着震撼古今的气势与力量，具有极强的感染力。难怪台湾诗人余光中会在《寻李白》中说："酒入豪肠，七分酿成了月光。余下三分啸成剑气，绣口一吐，就半个盛唐。"

襄 阳 歌

李 白

落日欲没岘山西，倒著接䍦花下迷。

襄阳小儿齐拍手，拦街争唱《白铜鞮》。

旁人借问笑何事，笑杀山公醉似泥。

鸬鹚杓，鹦鹉杯，百年三万六千日，一日须倾三百杯。

遥看汉水鸭头绿，恰似葡萄初酦醅。

此江若变作春酒，垒曲便筑糟丘台。

千金骏马换小妾，醉坐雕鞍歌《落梅》。

车旁侧挂一壶酒，凤笙龙管行相催。

咸阳市中叹黄犬，何如月下倾金罍？

君不见晋朝羊公一片石，龟头剥落生莓苔。

泪亦不能为之堕，心亦不能为之哀。

清风朗月不用一钱买，玉山自倒非人推。

舒州杓，力士铛，李白与尔同死生。

襄王云雨今安在？江水东流猿夜声。

这是李白所作的一首著名的醉歌，与《将进酒》一样，同是借酒以表达其人生态度。虽然看似颓唐，语言却极为爽朗，毫无腐朽之气，故而全诗显得更为活泼灵动，体现出盛唐开放而浪漫的风貌。

全诗大意：太阳就要在岘山西面落下，我正戴着山公的白帽子在花下饮酒。襄阳的小孩子们一起拍着手，在街上拦着我唱《白铜鞮》。路人也一并发笑，笑我像山公一样烂醉如泥。人生百年，不过三万六千天，我要每天都喝三百杯酒。那汉水鸭头样的绿水，就好像是用绿葡萄重酿的新酒。如果江里的水能变成春酒，我就在江边筑上一个酒糟台。能用千金美妾换骏马，醉了就坐在马上唱着《落梅》。在车旁挂上一壶美酒，在凤笙龙管的声音中劝酒。咸阳市中即将被腰斩的李斯叹恨过往，怎么比得过我在月下喝酒行乐？你看那岘山上的羊公碑，龟形的石座已经剥落长满了青苔。看见它我既不为它流泪，也不为它悲哀。清风明月不用花钱就可以欣赏，玉山是自己喝醉了倾倒的而不是人推倒的。舒州杓，力士铛，我要和你一起醉生梦死。楚襄王的云雨梦现在在哪里？夜晚只有东流的江水和猿的悲啼。

此诗开篇即以西晋山简自比，"倒著接篱花下迷"生动地描写自己的醉态。"遥看汉水鸭头绿，恰似葡萄初酦醅"一句写醉酒之乐，尽显醉后的天真烂漫。而后引用李斯的故事，意在说明荣华富贵不长久，与其死到临头悔不当初，还不如今朝有酒今朝醉。"君不见晋朝羊公一片石，龟头剥落生莓苔"则进一步说明了，不仅富贵无常，功业美名也会在时间的打磨下消失，人生苦短，还是应当及时饮酒行乐。

此诗看似是醉歌，实则意蕴深远，在豪迈之中隐藏着悲愤。李白此次入襄阳是为了拜谒荆州长史兼判襄州刺史韩朝宗，韩朝宗以能识士子荐士而出名，有"生不用封万户侯，但愿一识韩荆州"的美誉。李白拜谒他，就是希望通过他实现"一登龙门，则声价十倍"的目标，可惜竹篮打水一场空。我们知道，李白是一个胸怀大志，渴望"兼济天下"的人，他深受道家哲学的影响，心中充满了浪漫的幻想和宏伟的抱负，但终是郁郁不得志，叫他如何不悲愤？但李白终究是李白，就算是失意了，也不改自信与自负，"玉山自倒非人推"一句极显狂傲气概，玉山倒也是因为自己想倒，光是别人是推不倒的。

古 风 _(其十二)

李 白

松柏本孤直，难为桃李颜。
昭昭严子陵，垂钓沧波间。
身将客星隐，心与浮云闲。
长揖万乘君，还归富春山。
清风洒六合，邈然不可攀。
使我长叹息，冥栖岩石间。

此诗约作于天宝年间诗人"赐金放还"辞京之后。以描述严光事迹来抒发人生理想，极为动人。严子陵少有高名，曾与东汉光武帝刘秀同学交好，光武即位后，隐居避世，退隐富春山，后人名其垂钓处为严陵滩。

全诗大意：松柏生性孤直，难以像桃李一样开花娇艳。高风亮节的严子陵，在沧波之间垂钓。他像流星一样划过后便隐匿，内心像浮云一样闲远。他向君主长揖辞官，回到了富春山。像清风吹拂宇宙天地，他的高邈深不可攀。他的行为令我慨叹不已，我将像他一样在山里隐居。

诗人说严子陵像松柏一样生性孤直，何尝不是在说自己？历来写古人古事的诗作，有几首不是在借古人古事表达自己的心志？诗人写严子陵不慕荣华富贵、热爱自由，正是为了表示自己的高洁出尘。对于李白来说，他向往的隐逸应当是在政治上被重用、大展宏图之后，功成身退，而不是怀才不遇被"赐金放还"后的隐逸，这其中的差距太大，几乎让李白耿耿于怀了一辈子。很多时候，李白的"孤直"是有无奈的成分在的，他自信甚至自负的性格使他不愿意依附权贵，但政治现实却总是让他一次又一次地低头，正是为了实现自己功成名就之后功成身退的政治抱负，他晚年才会入永王李璘幕中，这样无法放下执念，怎么能真正地归隐？在中国古代，大多数知识分子都和李白有着一样的心理，甚至是命运。终究"扶摇直上"的太少，郁郁不得志的太多。"使我长叹息，冥栖岩石间"，有几个能真的做到像严子陵一样呢？恐怕更多是像李白一样存着归隐的美好愿景，然后身不由己地在仕途上艰难跋涉吧。

醉 时 歌

杜 甫

诸公衮衮登台省，广文先生官独冷。
甲第纷纷厌粱肉，广文先生饭不足。
先生有道出羲皇，先生有才过屈宋。
德尊一代常坎坷，名垂万古知何用！
杜陵野客人更嗤，被褐短窄鬓如丝。
日籴太仓五升米，时赴郑老同襟期。
得钱即相觅，沽酒不复疑。
忘形到尔汝，痛饮真吾师。
清夜沉沉动春酌，灯前细雨檐花落。
但觉高歌有鬼神，焉知饿死填沟壑？
相如逸才亲涤器，子云识字终投阁。
先生早赋归去来，石田茅屋荒苍苔。
儒术于我何有哉，孔丘盗跖俱尘埃。
不须闻此意惨怆，生前相遇且衔杯！

这首诗约作于天宝十三载（754）。根据诗人的自注，这首诗是写给好友郑虔的。所谓"醉时歌"就是喝醉的时候说的话，醉话似乎不能当真，其实恰恰相反，正所谓"酒后吐真言"，诗人正是以醉为遮掩，将胸中之愤一吐为快。

全诗大意：那些人纷纷身居要职，你还做着冷官；那些大族锦衣玉食，你却连饭都吃不饱。你有道德，有才华，能够名垂万古，可又有什么用。至于我，更是被世人嘲笑的了！穿着破烂衣服，每天只能去买些廉价米。有点钱就找你喝酒，我们真是性情相投啊！春夜里喝到高兴处，不免放声高歌，怎么料到会饿死野外。历代那些才子普遍命运不好，你还是早点回老家吧。就算学习儒学又有什么用处呢，一切都将归于尘土。不必感伤此事了，我们活着的时候就痛快饮酒吧！

此诗开篇四句用"诸公"的显达地位、奢靡生活与广文先生"官独冷""饭不足"的位卑穷困生活做对比，可怜广文先生德行比羲皇还高，论才学比屈宋还好，却"常坎坷"，纵然能"名垂万古"，又能怎么样呢？能解决生前的贫寒吗？真的是很讽刺了，可谓充满了愤懑。接着写"杜陵野客人更嗤"，虽然"我"又老又穷，但所幸有郑老与"我"肝胆相照，忘形痛饮。"但觉高歌有鬼神，焉知饿死填沟壑？"你看那司马相如，一代逸才，却也有过卖酒、洗器的经历，还有扬雄，因被株连而跳楼自杀。古来才士多薄命，不必太过挂怀，看似在自我宽慰，实则是悲愤难平的自嘲。社会黑暗，仕途坎坷，"儒术于我何有哉"，孔子和盗跖不是一样都化为尘埃了吗？此诗既显示出了穷途困境中朋友间的肝胆相照，又表达了仕途坎坷、怀才不遇苦闷愤慨之情，饱含对社会黑暗现实的讽刺。《唐诗快》评此诗曰："诗特豪横奔腾，不可一世。"

空　囊

杜　甫

翠柏苦犹食，晨霞高可餐。
世人共卤莽，吾道属艰难。
不爨井晨冻，无衣床夜寒。
囊空恐羞涩，留得一钱看。

此诗约作于唐肃宗乾元二年（759），当时杜甫弃官由华州寄居秦州同谷。此时战乱动荡仍未平息，诗人生活极其艰难。

　　全诗大意：翠柏虽然味苦也能吃，朝霞高高可以当作早饭。世上的人大多苟且偷生，我持节守道实属艰难。早上不开火做饭发现井水已经结冰，晚上也没有棉衣来御寒。口袋里没钱怕人笑话，所以留下了一文钱撑门面。

　　首句大有意味，含义丰富，表层含义是说自己穷困潦倒，只得餐霞食柏，深层含义则是表明自己虽逢乱世，饥寒交迫，但仍然品质高洁，不愿与世俗同流合污。"翠柏苦犹食"一句化用《列仙传》"赤松子好食柏实"，"晨霞高可餐"一句化用司马相如《大人赋》"呼吸沆瀣餐朝霞"，由此可知，在古人眼中，翠柏、晨霞都不是凡俗之物，都是不与世俗同流合污的象征。战乱爆发，世上的人大多苟且偷生，"吾道属艰难"，"吾道"指的是诗人不愿苟且，立志报国的信仰。严冬季节，没有食物，也没有衣服可以御寒，为什么仍要"留得一钱看"呢？申涵光评云："杜公每遇废弃之物，便说得性情相关，如病马、除架是也。"

左迁至蓝关示侄孙湘

韩　愈

一封朝奏九重天，夕贬潮阳路八千。
欲为圣明除弊事，肯将衰朽惜残年！
云横秦岭家何在？雪拥蓝关马不前。
知汝远来应有意，好收吾骨瘴江边。

韩愈（768—824），字退之，河南河阳（今河南省孟州市）人。自称"郡望昌黎"，世称"韩昌黎""昌黎先生"。唐代著名思想家、文学家，其终身以传承儒家正统自居，对佛教深恶痛绝。唐元和十四年（819）正月，唐宪宗命宦官将一节佛骨迎入宫供奉。时任刑部侍郎的韩愈看到这种信佛行为，便写了一篇《谏迎佛骨表》劝谏唐宪宗。他指出信佛对国家无益，而且自东汉以来信佛的皇帝都短命，结果触怒了唐宪宗，被贬为潮州刺史。

全诗大意：早晨我把奏折奏给朝廷，晚上就被贬到了离京很远的潮州。想要替皇上除去那些有害的事，哪能因衰老就吝惜残余的生命！阴云笼罩着秦岭看不到家乡在哪里，大雪阻拦的蓝关马无法前行。我知道你远道而来应该是知道我此去凶多吉少，正好在瘴江边帮我收殓尸骨。

"知其不可而为之"是一种人生境界。韩愈不是不知道自己向皇上上书《谏迎佛骨表》之后会有什么后果，只是有些事情如果不去做，心中难安。"欲为圣明除弊事，肯将衰朽惜残年"，诗人做好了思想准备，以大无畏的精神去面对狂风骤雨般的"人主之怒"，大有"风萧萧兮易水寒，壮士一去兮不复还"之势。这种明知不可为而为之的"以天下为己任"的胸怀，叫人如何不动容？同时这一句也表达了诗人"信而见疑，忠而被谤"的愤慨和痛苦。"云横秦岭家何在？雪拥蓝关马不前"一句，借景抒情，感情悲郁深沉，诗人立马蓝关，大雪阻拦，前路的艰危一清二楚。"马不前"三字出自《饮马长城窟行》"驱马涉阴山，山高马不前"，流露出浓浓的英雄失路之悲。"知汝远来应有意，好收吾骨瘴江边"，诗人向侄孙交代后事：我会在瘴江边死去，你来了正好收殓我的尸骨。遗言式的结尾沉痛而稳重，蕴含着诗人满心的愤慨、悲伤。

放　言（其一）

元　稹

近来逢酒便高歌，醉舞诗狂渐欲魔。
五斗解酲犹恨少，十分飞盏未嫌多。
眼前仇敌都休问，身外功名一任他。
死是等闲生也得，拟将何事奈吾何。

元稹（779—831），字微之，别字威明，唐朝著名诗人、文学家。少时即有才名，与白居易同科及第，并结为终生诗友，二人共同倡导新乐府运动，世称"元白"，诗作号为"元和体"。元稹的创作，以诗成就最大，其诗词言浅意哀，极为扣人心扉，动人肺腑。其乐府诗创作，多受张籍、王建的影响，而其"新题乐府"则直接缘于李绅。代表作有传奇《莺莺传》《菊花》《离思五首》《遣悲怀三首》等。元稹的仕途十分坎坷，一生多次被贬，虽然一度官至宰相，但终是黯然退出了政治舞台。元和五年，元稹被贬为江陵士曹掾。在江陵期间，元稹创作了《放言》长句诗五首，此诗为第一首。

全诗大意：近来我一旦饮酒便高声唱歌，酒醉中跳舞作诗，如入魔境。狂饮五斗还会觉得少，连喝十杯也不为多。此前的仇人也再不过问，身外的功名都随它去吧。死亡是很平常的事情，活着也是，不知世间何事还能令我烦恼！

此诗一开篇便塑造了一个逢酒高歌、诗兴大发的豪士形象。"五斗解醒犹恨少，十分飞盏未嫌多"大有千杯不醉之意，而"眼前仇敌都休问，身外功名一任他"一句可谓豪迈至极，不在乎在眼前的是否是仇敌，什么功名都任它随风去，旷达豪放之语，尽显男儿气概。此诗中流露出的诗人的生死观与庄子"一死生，齐彭殇"的观点颇为相似，"死是等闲生也得，拟将何事奈吾何"，生是如此，死也不过是如此，都是等闲寻常事，还有什么事情能奈何我呢？"两回左降须知命，数度登朝何处荣"，诗人在经历了贬谪之后，在朝堂上大展抱负的热情在黑暗现实的冲击下渐渐冷却下来，他那想要"兼济天下"的儒家思想也无可奈何地向现实低头，渐渐有了道家出世的意味。如果真的是达到了超脱世外的境界是值得人羡慕的，那样壮志难酬的苦闷就不会郁结于胸了。可惜诗人并不是真的超脱、出世了，他更多的是愤懑不平难解，唯有借酒高歌，自我慰藉。此诗看似消极，却蕴含着对现实强烈的不满与反抗。

放 言（其五）

白居易

泰山不要欺毫末，颜子无心羡老彭。
松树千年终是朽，槿花一日自为荣。
何须恋世常忧死，亦莫嫌身漫厌生。
生去死来都是幻，幻人哀乐系何情。

白居易（772—846），字乐天，号香山居士，又号醉吟先生。唐代中期著名的现实主义诗人。《放言五首》是元和十年（815）白居易被贬赴江州途中所作。在诗序中诗人说明了他写作这五首诗的意图，序云："元九在江陵时，有《放言》长句诗五首，韵高而体律，意古而词新。予每咏之，甚觉有味，虽前辈深于诗者，未有此作。唯李颀有云：'济水自清河自浊，周公大圣接舆狂。'斯句近之矣。予出佐浔阳，未届所任，舟中多暇，江上独吟，因缀五篇，以续其意耳。"简而言之，这五首诗是元稹《放言》长句诗五首的续诗或和诗。

全诗大意：泰山不要看不起秋毫之末，颜渊不会羡慕彭祖长寿。松树活了一千年终究要枯死，槿木开花只有一天也自以为荣耀。没有必要因为眷恋尘世而经常担忧死亡，也不需要嫌弃自己而随意厌弃人生。活着和死去都是梦幻的，由这梦幻引起的悲哀欢乐又是什么感情。

"泰山不要欺毫末，颜子无心羡老彭"，事物的大小都是相对而言的，人的寿命也都是注定的，正如扬雄在《法言·君子》中所说的："有生者必有死，有始者必有终，自然之道也。"生老病死是自然规律，活了千年的松树和仅开一日的花都要遵守这规律，谁也不能"特立独行"，人自然也无法例外。如果想通了这一点，就不会因为眷恋尘世而经常担忧死亡，也不会因为嫌弃自己而随意厌弃人生了。如果说人生不过是幻梦一场，那人生过程中的喜怒哀乐又算什么呢？此诗抒发了诗人对生死的看法，宣泄了胸中之块垒，说明了生和死都是自然规律，而"生去死来都是幻，幻人哀乐系何情"一句看似平静的论述，却有着难以掩饰的消极哀伤的意味。

悲 哉 行

白居易

悲哉为儒者，力学不知疲。
读书眼欲暗，秉笔手生胝。
十上方一第，成名常苦迟。
纵有宦达者，两鬓已成丝。
可怜少壮日，适在穷贱时。
丈夫老且病，焉用富贵为。
沉沉朱门宅，中有乳臭儿。
状貌如妇人，光明膏粱肌。
手不把书卷，身不擐戎衣。
二十袭封爵，门承勋戚资。
春来日日出，服御何轻肥。
朝从博徒饮，暮有倡楼期。
平封还酒债，堆金选蛾眉。
声色狗马外，其馀一无知。
山苗与涧松，地势随高卑。
古来无奈何，非君独伤悲。

科举制在唐代虽然已大为发展，但名额极少，能通过科举而入仕的寒门士人亦极少，大批贵族子弟依然可以利用门荫等特权而身处高位。白居易此诗即是对此不公平社会现象的抨击。

全诗大意：做儒生真的非常可悲，整日努力攻读而不知疲倦。读书读到眼花手拙，才可能经历多次落榜最终博得一第。纵使有人通过科举而显达，那时已是两鬓斑白。年轻时已饱尝贫贱，到老来的富贵又有何意义。再看看那些世家子弟，从不读书习武，二十岁的年龄都能承袭高爵。他们日日寻欢作乐，吃喝嫖赌，除了声色犬马外一无所知。这不过是地位使然，从来如此，不止你为此而伤悲。

此诗写贫寒儒者的悲惨际遇。开篇"悲哉为儒者"四句直接写出了儒者攻读的刻苦，他们因为力学苦读，不顾疲倦，以致眼睛都快看不清了，执笔的手也生了厚茧。"十上方一第，成名常苦迟"，写儒者在苦读之后去应试，考了多次，才考中，虽然及第后可以显达富贵，可惜成名太迟，已经两鬓斑白。年轻力壮的时候，穷困贫贱，如今年老多病，纵然富贵又有何用？你看那深宅大院里乳臭未干的贵族子弟，他们不读书，不去打仗，到了二十岁就袭封爵位，"金张藉旧业，七叶珥汉貂"之势。《新唐书·百官志》规定封爵分为王、嗣王、郡王、国公、郡公、县公、县侯、县伯、县子、县男诸等，各品级官员的子孙都可由世袭、世荫得到相应的官阶。在这种门阀制度的支配下，"世胄蹑高位，英俊沉下僚"是"地势使之然，由来非一朝"，左思的悲叹几百年后还是依然如故。"世族""寒门"之间有着云泥之别，贫寒的士子根本无法同贵族子弟相提并论，贵族子弟通过世袭、世荫不必经过考试，就可以做高官；而寒门子弟想要出人头地，只能力学苦读。此诗表达了诗人对贫寒士子的同情，以及他对这种不合理的门阀制度的反对之情。

登 科 后

孟 郊

昔日龌龊不足夸，
今朝放荡思无涯。
春风得意马蹄疾，
一日看尽长安花。

孟郊（751—814），字东野，唐代著名诗人。湖州武康（今浙江省德清县）人。"韩孟诗派"的重要人物。孟郊一生苦寒，其诗歌的意境也大多呈寒俭之态。公元796年，年已四十六岁的孟郊奉母命第三次进京赶考，终于进士及第。孟郊喜不自胜，按捺不住得意欣喜之情，生平第一首快诗《登科后》由此诞生。然而，古往今来很多自恃清高的文人对孟郊这种"春风得意马蹄疾，一日看尽长安花"的扬扬得意的态度都是瞧不上的，可我倒觉得，对于四十六岁三考才进士及第的孟郊来说，这首诗是真性情的表现，其情感是极为真实的。

全诗大意：以前的困顿日子不值得一提，今日金榜题名真是让人高兴。我迎着春风得意地纵马奔驰，打算一天看完长安娇艳的花。

此诗一开篇就把昔日困顿的生活和今天的放荡得意来了个对比，将诗人进士及第后的扬眉吐气、得意扬扬之情表现得淋漓尽致。正所谓"以我观物，故物皆着我之色彩"，诗人因及第而喜悦，不要说正是春天百花齐放的好景色，就算是万物萧条，想必在诗人眼中也是极美丽的。"一日看尽长安花"明显是夸张的说法，是为了突出自己"放荡"，也是无数时来运转、寒窗苦读多年的学子的共同形象和心理。此诗明快畅达，使诗人的喜悦兴奋之情溢出纸张，具有很强的感染情绪的力量，让读者也为之动容。

南 园 （其六）

李 贺

寻章摘句老雕虫，
晓月当帘挂玉弓。
不见年年辽海上，
文章何处哭秋风？

李贺（790—816），字长吉，福昌（今河南宜阳）人。其诗风诡丽，有"诗鬼"之称。少时才华出众，但仕途受阻，后倾力于写诗。长期抑郁感伤，于二十七岁逝世。其诗大多感叹怀才不遇之苦闷，或反映当时百姓战乱之苦。此诗是作者在家乡的南园闲居时所作。当时辽海之地战乱繁多，民不聊生，朝廷重用武士，轻视儒生，作者于感叹悲痛中写下此诗。

全诗大意：我作为老雕虫，寻章摘句已是常事，当残月升起时我仍在奋笔疾书。可那辽海之地年年征战，诗文书章不被重视，留给书生的唯有痛哭。

第一句中的"寻章摘句"是套话，"老"字却显得极为新奇而生动，既体现出作者的现状，又表示可能将作"雕虫"到老，饱含作者怀才不遇的无奈悲愤。"雕虫"是作者自嘲，自贬自己是只会寻章摘句的儒生，激愤之外又显辛酸。第二句运用白描手法，写残月挂寂夜之景，与作者奋笔疾书之情做对比，更显作者落寞悲凉的心境。其以"玉弓"比喻月亮，既很妥帖，暗合下文中的辽海战事，可谓伏线千里。第三句中的"不见"有哀怨之意，为后句的"哭"做感情铺垫，"年年"体现战乱持续之久。"文章"指作者自己，"哭秋风"是哭国家轻视儒生，自己写的文章无人问津，这一哭也哭出当时文士穷途之悲。作者于怀才不遇中写下这首诗，是为倾诉满腹牢骚，但哀怨之后又痛哭国家之难，文士出头无门。李贺虽报国无门，闲居在家，但仍不忘关心国家命运，把个人遭遇与国家命运写进这首诗。

致 酒 行

李 贺

零落栖迟一杯酒，主人奉觞客长寿。
主父西游困不归，家人折断门前柳。
吾闻马周昔作新丰客，天荒地老无人识。
空将笺上两行书，直犯龙颜请恩泽。
我有迷魂招不得，雄鸡一声天下白。
少年心事当拏云，谁念幽寒坐呜呃。

在中国古代的诸朝代中，唐朝一向是以开明而著称的，但还是会有许许多多愚昧可笑的规章制度。唐宪宗元和四年（809），李贺满怀希望入京，打算参加进士科举考试，不料却因避讳而不能参加考试。原来他的父亲名叫"晋肃"，而"晋"字与"进士"的"进"字同音，按照当时的规定，他被剥夺了考试获取功名的资格。这一沉重打击使李贺一度消沉，困守长安的他写下了此诗。

全诗大意：我失意漂泊借酒消愁，主人举杯敬酒祝客人们身体健康。当年主父偃向西游学被困异乡，家人因为思念而折断门前柳枝。我听说马周以前客居新丰的时候，一直被冷落无人赏识。但他们都凭借呈上奏章，直接向皇帝进言而被重用。我心烦意乱无法平静，但雄鸡一叫天下就会迎来天亮。年轻人胸中应当有凌云壮志，谁会怜惜你因困顿独处而发出的悲叹呢。

"致酒行"即宴中劝酒致辞之歌。诗人怀才不遇，困居外地，"零落栖迟"，消沉伤感，只能借酒消愁。接着主人借主父偃和马周两个古人成名前困顿失意的故事来劝慰诗人，意在宽慰诗人"天将降大任于斯人也，必先苦其心志"。"我有迷魂招不得，雄鸡一声天下白"则是诗人在听完主人一席话，豁然开朗之语。"少年心事当拏云"，少年应当有豪情壮志，怎么能受到一次挫折打击就一蹶不振？表明了自己虽然受到了挫折但凌云之志不改的豪情。此诗采用对话的方式，虽简短却有一波三折之感，匠心独运，别具一格。

苦 昼 短

李 贺

飞光飞光，劝尔一杯酒。
吾不识青天高，黄地厚。
唯见月寒日暖，来煎人寿。
食熊则肥，食蛙则瘦。
神君何在？太一安有？
天东有若木，下置衔烛龙。
吾将斩龙足，嚼龙肉。
使之朝不得回，夜不得伏。
自然老者不死，少者不哭。
何为服黄金，吞白玉。
谁似任公子，云中骑碧驴。
刘彻茂陵多滞骨，嬴政梓棺费鲍鱼。

李贺英年早逝,在其短短的二十七年生命里,始终对生死有着深切的思考,最终带来沉重的焦虑感。钱钟书先生在《谈艺录》中评价李贺道:"其于光阴之速,年命之短,世变无涯,人生有尽,每感怆低徊,长言永叹。"这首《苦昼短》将李贺因时间飞逝产生的焦虑感勾勒得极为透彻。

全诗大意:飞逝的时间啊!我劝你饮下这杯酒。我不知青天有多高,大地有多厚,只知道随着寒来暑往,人的寿命一点点消逝。人吃熊掌就会肥,吃蛙就会瘦,都是自然之理。神君和太一又在何方?天的东方有若木,若木下面有衔着烛火的龙。我要去砍掉龙的脚,嚼烂龙的肉,使它白天不能巡视四方,晚上不能潜伏。这样,就不会有老人死亡、少年痛哭之事了,又何必去吞食黄金白玉。不知谁能像任公子那样自由地遨游天宇,只可笑嬴政、刘彻为求长生最后落下徒留腐骨臭肉的结局。

此诗明显分为三段。自"飞光飞光"至"太一安有"为第一段,揭示时光无情、人寿有尽的悲哀现实,透露出诗人内心最深处的恐惧。其中的用字尤为考究。如"煎"字将其时光无情对人寿的摧残展现得无比真切,仿佛人就如釜中水一般,只有静候消失的命运,没有对生命的深切体会绝不能为此句。自"天东有若木"至"少者不哭"为第二段,诗人在其幻想中找到了解决人寿苦短的方法。古时传说神龙巡行天宇,故而有时间的流逝,诗人突发奇想,如果将此神龙杀死,就会让时间静止,如此,则自然没有死亡这一沉重的话题。其想象可谓奇诡而横绝。值得说明的是,李贺这里没有满足于寻求自我解脱之道,而是幻想着与天下人同享无尽之寿,可见其心胸之无私。自"何为服黄金"至末尾为第三段,辛辣地讽刺秦皇汉武为求长生而劳民伤财最终不得其果的愚蠢行为,与上段形成鲜明的对照。而当时的皇帝唐宪宗也正沉迷于修道求仙,李贺此诗也未尝没有抨击时势的意义。

秋　词

刘禹锡

自古逢秋悲寂寥，
我言秋日胜春朝。
晴空一鹤排云上，
便引诗情到碧霄。

刘禹锡（772—842），字梦得，河南洛阳人。唐代中期著名诗人，有"诗豪"之称。公元805年，顺宗即位，任用王叔文改革朝政，刘禹锡也参加了这场革新运动。但革新遭到宦官、藩镇、官僚势力的强烈反对，以失败而告终。顺宗被迫退位，王叔文赐死，刘禹锡被贬。这首诗便是诗人被贬为朗州司马期间所作。这首《秋词》另辟蹊径，一反常调，以最大的热情讴歌了秋天的美好，使人在看过众多悲秋的作品后眼前一亮。

全诗大意：自古以来，一到秋天人们就会感到悲凉寂寥，可我却觉得秋天要胜过春天。秋高气爽，晴空万里，一只白鹤凌云飞起，便能激发我的诗情到蓝天之上。

似乎从宋玉在《九辩》中留下"悲哉，秋之为气也"的名句后，悲凉寂寥就成为秋天的主基调，后世的文人墨客亦多有伤春悲秋之言。然而，诗人一开篇就发表自己的观点，直言"秋日胜春朝"，否定了前人悲秋的观点，表现出一种积极向上的人生态度。是的，不仅仅是诗风，更多的是人生态度。诗人作此诗时已经被贬为朗州司马，此时诗人不过三十四岁，正是施展抱负的好年华，却一朝被贬，跌入谷底，其心中的苦闷不言而喻。若只看题目"秋词"，再联系诗人此时的心境，我们很容易觉得这将会是一首借悲秋来抒发自己心中不平的诗，但诗人却没有按套路出牌，他在诗中并没有表现出苦闷抑郁的心绪，而是另辟蹊径，以积极向上的态度来写秋天，颇有"不以物喜，不以己悲"之感。除却诗歌本身创作上的新意，诗人高尚的情操、开阔的胸襟、励志的态度亦令人动容。人在顺境中心情舒畅，此时歌颂世间万物都没什么太难得的，难得的是在遭受严重打击之后，还能以积极的态度来创作，仍能以高昂的姿态去应对生活中的挑战，不改自己高洁的品质。全诗气势雄浑，意境壮丽，融情、景、理于一体，为后人留下了一份难能可贵的精神财富。

玄都观桃花

刘禹锡

紫陌红尘拂面来，
无人不道看花回。
玄都观里桃千树，
尽是刘郎去后栽。

刘禹锡是王叔文派政治革新活动的中心人物之一。永贞革新失败后，刘禹锡被贬为朗州司马。十年后，被朝廷"以恩召还"，得以回到长安，此诗便是作于这年春天。此诗表面上描写了人们去玄都观看桃花川流不息的情景，实则讽刺世态炎凉、奸佞宵小趋炎附势的可憎嘴脸。这无疑是一首政治讽刺诗，而其讽刺政治最直接的后果便是让诗人再度被贬，真是可悲可叹。

全诗大意：因来往行人而扬起的灰尘扑面而来，人们都说自己刚刚赏完桃花回来。玄都观里成千上万的桃树啊，都是我被贬离开之后栽下的。

从表面来看，诗人写的是人们去玄都观看桃花这一事件。京城的大街小巷尘土飞扬，人群熙熙攘攘，都说自己是刚刚赏完桃花回来，虽未直接描写桃花盛开的样子有多么美丽动人，但从人们看花回来的盛况，我们便可以想象桃花盛开的景色有多么美丽动人了。面对此情此景，诗人发出感叹：这些美丽的桃花，都是在我离开之后栽下的啊！真的是"树犹如此，人何以堪！"时移世易，十年光景匆匆逝去如流水，一切早已不同，这里再不是诗人当年变法革新的那个朝堂了，如今的朝堂之上怕不都是当年诗人被贬离开京城之后靠阿谀奉承、投机取巧才爬上高位的新权贵们吧。细细想来，这些看花人的扬扬得意，又有几分是因为看到了桃花？恐怕更多的是因为又有了可以趋炎附势、攀附权贵的门路吧。当年变法维新的时候有多踌躇满志，今朝玄都观里"看桃花"心中就有多愤懑不平。可是再不平又能怎么样呢？再辛辣的讽刺也不能够使政治变得清明，结果只不过是又多了一个无辜的殉道者罢了。

渡桑干

贾　岛

客舍并州已十霜，
归心日夜忆咸阳。
无端更渡桑干水，
却望并州是故乡。

贾岛（779—843），唐代诗人，字阆仙，人称"诗奴"，与孟郊共称"郊寒岛瘦"。此诗生动地表现出人类对于居住地的一种微妙心理。

全诗大意：我客居并州已经有十年时间了，每日每夜都在思念着故乡咸阳。不知道为什么再次渡过桑干河，回头一看反倒觉得并州像故乡。

长久地客居异乡，思念故乡是人之常情，是在所难免的。十年来每日每夜对故土、对在故乡的亲朋好友的思念，可以说是已经成为一种另类的病痛，久久地压在心头，随着时间的推移，越来越沉重。终于有了机会可以回到家乡，可当读到"无端更渡桑干水"时，却颇为心酸。"无端更渡"四字让人忍不住好奇，十年前，初次渡过桑干河，远赴并州，是为了什么？而十年过去了，离开并州，再次渡过桑干河，为的又是什么？真的是"无端"吗？这其中饱含着对身似浮萍、对命运人生无法主宰的无可奈何，读之让人悲戚。但是十年的时光终究不是过眼云烟，正所谓"人非草木，孰能无情"，诗人对并州有了感情也是理所应当的，所以在离开并州，将再次渡过桑干河之际，诗人回首眺望，难免有舍不得并州的感觉。这种感觉其实并不难理解，相信每一个在外求学或工作多年或有过相关生活经验的人都能够体会这种微妙而复杂的心情。全诗语言质朴，情感真挚，仿若在用对一个老朋友倾诉的语气表达了对家乡的思念以及对前途未卜的茫然惆怅之情，具有很强的感染力，令人感同身受。

书　怀

杜　牧

满眼青山未得过，
镜中无那鬓丝何？
只言旋老转无事，
欲到中年事更多。

杜牧（803—852），字牧之，号樊川居士，京兆万年（今陕西西安）人，晚唐著名诗人。杜牧出身官宦世家，早年放荡不羁。心怀大志，却一生未偿所愿，此诗即为其年至中年的感怀之作。

全诗大意：眼里的青山依然是青翠如旧，我没有空去闲游；镜中的我，已是满头白发，可又有什么办法。原本以为人到老后都轻闲了，却没想到人到中年后的事情更多！

此诗是杜牧老年之作，读完令人无限感伤。满眼望去都是青山层叠绵延，但杜牧却是一人独坐，对镜看白发。古人常常以白发说衰老，而青丝转白发更是能显出浓浓的年与时驰、年岁沧桑之感，而杜牧叹息般的"无"和"何"字更是显出了那一种突现白丝浓浓的无奈和惆怅。此时他抬眼望又是青山千重万叠，但却绝没有了欣赏的心情，只仿佛觉得是一段段望不尽的天堑横在心里，过不去啊！什么是触景生情，杜牧此时就是。他突然想到自己曾经的宽慰"只言旋老即无事"，人一下子就老了，到时候就没什么事了，就什么事也做不成了。他现在却突然发觉自己已经是年近四十，但他仍旧有一堆的事，家事国事天下事，他真的什么都关心。可是当他回想时却觉得自己什么都没做成，人却已经老了。那种由白发而生、自年少而来的感情瞬间炸裂在他的脑海里，说不好是年岁沧桑的无奈还是一事无成的惆怅，或许那种感情就是辛弃疾说的"欲说还休"般的百感交集吧。此诗由景入情，由"青山"引出镜中白发，由年少时的想法与而今相对比，表达了作者心中无限愁绪，人到老年仍一事无成的无奈悲伤。

遣　怀

杜　牧

落魄江湖载酒行，
楚腰纤细掌中轻。
十年一觉扬州梦，
赢得青楼薄幸名。

此诗仍是杜牧晚年之作。杜牧在任黄州刺史时，百般无聊，有名无实，夜深他忽然忆起十年前在扬州的岁月，落魄潦倒的江湖生活，以酒为伴，想起扬州的青楼舞馆，美女如云，纤细的腰肢，曼妙的舞姿，放浪形骸的风流生活。

全诗大意：在困顿的江湖中饮酒作乐，看美人细腰歌舞轻盈。扬州十年好像做了一个大梦，却赢得了青楼薄情负心的名声。

杜牧在扬州过得看似快活潇洒似神仙，然而开篇"落魄"二字，早已奠定全诗基调。俗话说酒能消愁，然而借酒消愁愁更愁，杜牧十年前在扬州的生活是真的快乐吗？他是真的怀念吗？我想不是，他只是觉得十年前的扬州生活不过是一场大梦，看似繁华热闹，沉湎酒色，实则却抑郁烦闷，内心深处尽是痛苦与伤感。十年过去了，他得到了什么，他又成为了什么，最后连青楼里曾经迷恋自己的歌姬也责怪自己薄情负心。我想杜牧是在自嘲吧，看似是对往日的追忆，实际是对当今现实的不满。也许早就该看透，人生不正是如此吗，时日蹉跎，碌碌无为，也许平凡才最为可贵，以前追求的东西，过了很久，却仍未得到过，"最是人间留不住，朱颜辞镜花辞树"，人生很多事情本就是徒劳的，世人早已不在意，唯独自己仍在忏悔往事，在自责懊恼，可能对杜牧来说，便是前程恍惚如梦，往事却又不堪回首吧。此诗采用用典与对比的手法，第二句借用"楚王好细腰"与"赵飞燕掌中舞"两大典故，描写十年前青楼生活的放荡不羁；第三句用"十年"与"一觉"进行鲜明对比，感叹十年扬州如南柯一梦，而杜牧也是梦中人，一梦醒来，年岁已高，却什么也没有得到，不禁感慨自伤。

九日齐山登高

杜　牧

江涵秋影雁初飞，与客携壶上翠微。
尘世难逢开口笑，菊花须插满头归。
但将酩酊酬佳节，不用登临恨落晖。
古往今来只如此，牛山何必独沾衣。

唐会昌五年，诗人张祜前来池州拜访好友杜牧，彼时两人都正值失意落魄，遂相约于九日重阳登齐山散心，面对秋水长空彤云缥缈的苍茫景色，杜牧感慨万千而作此诗。

全诗大意：江水上倒映着满天秋色，大雁正展翅南飞，而我与朋友们带着酒壶登上齐山一饮。这人世间难有让人开口一笑之事，那现在就让我们头上戴满菊花回去吧。值此重阳佳节，只须酩酊大醉即可，用不着面对落日满怀愁绪。从古到今，世道都是如此，那昔日登牛山的人又何必泪落沾衣呢。

秋天本就是易令人伤感的季节，杜牧的人生本也是无奈伤感的一生。这首《九日齐山登高》是杜牧四十二岁时与友人张祜登齐山时的感怀之作。首联写景，运用白描的手法，描写了秋雁越过江面南飞，与友人提壶登峰峦翠微的景象。颔联叙事，重阳佳节，本是与亲人相聚的日子，然而杜牧却与友人张祜来到了齐山边。两个孤独的人，两个怀才不遇之人，我想在这山路上定会畅所欲言吧，因为碰到了天涯沦落的相似之人，所以开口大笑，世事烦扰，难得开口大笑，只因知己太少罢了。两人用菊花插满白发后便满载而归，决定痛饮一回来酬谢重阳佳节。酒逢知己千杯少，饮酒后，也许就能抛去一切愁绪忧思，就不会为夕阳西下、人生迟暮而悲伤了吧。真的会不悲伤吗？不过是自己骗自己罢了，此时此景此情此人，杜牧不禁想起了齐景公。尾联他用了齐景公"牛山悲"的典故。那日齐景公登上牛山，望着国都而流下热泪，发出了"美哉国乎！郁郁泰山。使古无死者，则寡人将去此而何之"的悲叹。我相信杜牧想到这里，眼眶定是湿润的，年少有为，出身名门，然而人到中年，却世事无成，官场失意，抱负难施，心怀天下却无能为力。但他却安慰自己，人生如此短暂，事物迭代，这种遗憾与悲叹古往今来皆是如此，既然是古人已有的恨，那么自己却何必如此悲伤呢？这是自嘲吧，看似旷达却流露出苦涩。已经四十二岁的杜牧，早已觉得看透人间世事，过度旷达乃至颓废背后，是岁月将他的锋芒磨平的痕迹。年事已高，已无当年壮志，人生多忧，生死无常，人生如梦，的确应当一樽还酹江月。

安定城楼

李商隐

迢递高城百尺楼，绿杨枝外尽汀洲。
贾生年少虚垂泪，王粲春来更远游。
永忆江湖归白发，欲回天地入扁舟。
不知腐鼠成滋味，猜意鹓雏竟未休。

李商隐（813—858），字义山，号玉溪生，又号樊南生，祖籍怀州河内（今河南焦作沁阳市），出生于郑州荥阳（今河南郑州荥阳市），晚唐著名诗人，和杜牧合称"小李杜"，与温庭筠合称为"温李"。这首诗创作于公元838年，李商隐考中进士以后，参加吏部博学宏词科考试时，受到朋党势力的排斥，不幸落选，失意地再回到泾源。正是春风吹柳、杨柳婆娑的季节，诗人登上泾源古城头——安定城楼，纵目远眺，写下这首七律遣怀。

全诗大意：那高高的城墙上又有百尺高的城楼，城墙外是那柳条拂烟的沙洲。年少有为的贾谊枉自流泪，建安才子王粲在春天选择远游荆楚。常想着在老年时隐居在江湖之上，又想要在归隐前能一挽时局。我从不知道那腐败的死老鼠有何美味，现时却有人竟对那高贵的凤凰猜忌不休。

首联是诗人登上安定城楼上时的有感而发，迢递形容的是楼不但高而且连续绵延，登上这高楼向远处眺望，远处绿杨树边的洲渚一览无余，于是触景生情，随后吟出了豪言壮句。次联诗人采用典故，同两位古人相比。历史记载贾谊上《治安策》，不被汉文帝所采纳，因《治安策》开头有"臣窃惟事势，可为痛哭者一"之语，故谓"虚泪涕"。王粲避乱至荆州，依刘表，作者应试而名落孙山，其心情与贾谊同是郁郁寡欢，奔赴泾州入王茂元幕，都属寄人篱下。诗人用两位古人的古事来比作自己当前的处境和心情，十分贴切，也更表现出了诗人的遭遇和心境。颈联诗人通过春秋时代范蠡的典故表明自己早有归隐江湖之志。永忆江湖表达了怀淡于名利之心，一个"永"字有力地表达作者毕生的抱负；而欲回天地则是抱建功立业之志。表达了作者既怀着淡泊的心情，又有担当事业的志气。此句对仗工整，富有节奏感。最后借庄子寓言中庄子对惠施说："鹓雏非练实不食，非醴泉不饮，从来不会把腐鼠当美味而希羡！"意思是你的位置我不屑一顾，所以不必杞人忧天。表达了诗人对功名利禄的摒弃并对那些醉心于权位且无端猜忌之人的讽刺。全诗采用了大量的典故使得诗歌语言精练，内容丰富，含蓄且确切地展现了李商隐奋发有为，虽遭受压抑，却不汲汲于富贵的志士形象。

风　雨

李商隐

凄凉宝剑篇，羁泊欲穷年。
黄叶仍风雨，青楼自管弦。
新知遭薄俗，旧好隔良缘。
心断新丰酒，销愁斗几千。

李商隐早年受知于牛僧孺党的令狐楚，登进士及第后又娶了李德裕党人王茂元的女儿。牛李两党斗争激烈，他自己不愿意攀附牛李集团的任何一个，始终不能施展才华，实现政治抱负，一生四处漂泊寄迹幕府，成为党争中的牺牲品。此诗为诗人对人生风雨的感慨。

全诗大意：我虽然心怀报国志，却终年漂泊在外。楼外的黄叶已经饱受风吹雨打，青楼中依然歌舞升平。新交的朋友因为浇薄的世俗而遭受责难，老朋友们也因为种种原因无法会面。只有将心事交付新丰美酒，别管它价格几何。

此诗首联从郭震《宝剑篇》的典故入手，本来"宝剑"应该是施展宏图壮志的象征，但"凄凉"二字却点明了诗人长年漂泊、怀才不遇的凄凉身世。理想是远大的，现实却是窘迫的，自己终究是没有像郭震一样成就功名的机遇了。此诗一开篇便有着浓浓的悲愤凄凉之感。"黄叶仍风雨，青楼自管弦"，豪门贵族生活的显贵放纵与诗人的漂泊清苦形成了强烈的对比。在党争的夹缝中，诗人既无新知，也无旧好，内心的孤独压抑可想而知。虽有匡国之志，也有英雄豪气，但风雨摧毁之下，再远大的抱负也只是一场空，根本没有实现的可能。"心断新丰酒，销愁斗几千"，怀才不遇，壮志难酬，心中的苦闷悲愤无处排解，除了借酒消愁还能如何？

此诗意境悲凉，表现了诗人被迫沦为党争牺牲品后的痛苦不平，仿若一首悲怆的祭奠人生前程的挽歌。

春日寄怀

李商隐

世间荣落重逡巡，我独丘园坐四春。
纵使有花兼有月，可堪无酒又无人。
青袍似草年年定，白发如丝日日新。
欲逐风波千万里，未知何路到龙津。

唐武宗会昌二年（842），李母去世，李商隐服丧四年后于会昌五年（845）返京，此诗作于他返京前，面临纷纭的朝局，抒发内心的焦虑与对未来的迷茫。

全诗大意：世间的变化是多么的迅疾，而我却在家里白白地坐了四年。纵然家乡有花又有月亮，但我依然郁郁寡欢。每年都穿着八品官的青袍，而头上的白发却越来越亮眼。我一心想去乘风破浪、建功立业，可不知怎么才能见到我的伯乐。

"世间荣落重逡巡，我独丘园坐四春"，不知不觉间，草木枯荣，已经四年过去了，诗人难免生出生命短暂、虚度光阴的感慨。虽有花，有月，但"无酒又无人"，诗人的孤独溢于言表。服丧之前，诗人任秘书省正字，是九品下阶的小官，官服正是"青袍"。在南朝作家的作品中不乏以青袍喻草的例子，如陈后主诗"岸草发青袍"，庾信赋"青袍如草"等。此诗中诗人借青草一年一年相似的枯荣比喻自己年复一年的沉沦下僚。眼看着白发一天天地增多，建功立业的梦想离自己越来越远，叫人如何不悲戚伤感？"青袍似草年年定，白发如丝日日新"，以淡语写哀情，让人更加清楚地感受到了诗人那种歇斯底里的苦闷以及在强大的命运面前的无可奈何。虽然现实令人绝望，但诗人对未来仍是充满希望的，"欲逐风波千万里"，诗人将自己比喻成搏击长风巨浪的大鱼，相信凭借自己的才华和毅力，必然能够跃过龙门，建功立业，"未知何路到龙津"，可惜无人援引，诗人不知道到龙门的路要怎么走。虽然怀才不遇，报国无门，但诗人这种希望凭借自己的能力而大有作为的不懈进取的精神还是十分可贵的。

除夜有怀

崔　涂

迢递三巴路，羁危万里身。
乱山残雪夜，孤烛异乡人。
渐与骨肉远，转于僮仆亲。
那堪正飘泊，明日岁华新。

崔涂，字礼山，僖宗光启进士。壮客巴蜀，老游龙山，多写旅愁落魄。此诗写除夕之夜旅居之人对故乡亲人的思念。

　　全诗大意：三巴之地的道路是多么遥远，我是个漂泊万里的旅人。这里夜色降临，万山里残留着未尽的白雪，只有一丝烛光伴着我这个异乡人。与亲人们越来越远，反倒与仆人愈加亲近。怎么能忍受这样的漂泊日子，明天又是新的一年了。

　　首联点明诗人除夕之夜所在的地点，"迢递三巴路"。从李白《蜀道难》"蜀道之难，难于上青天"中便想象巴蜀山势的险峻陡峭。而诗人在阖家团圆的除夕之夜，在远离家乡的三巴险途上跋涉，孤苦艰辛，不言而喻。正所谓"每逢佳节倍思亲"，对于"异乡人"来说，"每逢佳节"孤独也是加倍的。乱山丛中，雪未消融，诗人的心情就像这雪夜里孤独的烛光一样，忽明忽暗。"渐与骨肉远，转于僮仆亲"，因为离家万里，与亲人联系少，渐渐疏远了，还好有童仆在日复一日地陪伴中与自己亲近起来。进一步突出诗人的孤独之感。"那堪正飘泊，明日岁华新"，直抒胸臆，时逢除夕，更不堪漂泊，将思亲怀乡的感情推向高潮。谁能忍受这漂泊的日子呢？明天就是新的一年了，希望新年能有新气象。但这种期望是多么的"可望而不可即"啊！这种远离骨肉亲人、漂泊无依的日子什么时候才是尽头呢？此诗字字句句透露着凄怆孤苦之感，表达了诗人浓烈的离愁乡思和对羁旅生活的厌倦情绪，言有尽而意无穷。

安　贫

韩　偓

手风慵展八行书，眼暗休寻九局图。
窗里日光飞野马，案头筠管长蒲卢。
谋身拙为安蛇足，报国危曾捋虎须。
举世可能无默识，未知谁拟试齐竽。

韩偓（约842—约923），乳名冬郎，字致尧，晚年号玉山樵人。万年（今陕西西安）人。自幼聪明好学，李商隐称赞其诗是"雏凤清于老凤声"。官至翰林学士。工艳情诗，亦有感时伤事之作。此诗即感于国家危亡、个人飘零所作。所谓"安贫"即安贫乐道之意，却又不全然如此。

　　全诗大意：年已老迈，手颤眼花，信也懒得写了，棋也不用下了。终日看着屋子里灰尘乱飞，几案笔筒中蒲卢出出进进。我不善于为自己打算，但国家危急时，还愿意舍身救国。世间不可能没有人不重视人才，可是谁又能如齐王那样来一一鉴别呢。

　　此诗一开篇便描写了自己穷困潦倒的生活状况。为读者呈现了一个年老多病孤单落寞的诗人形象。三、四句进一步写自己的空虚和寂寞。因为自己无所事事，所以屋子里到处是尘埃，笔筒也因为长期不用长了虫子。"野马"出自《庄子·逍遥游》："野马也，尘埃也，生物之以息相吹也。"五、六句中引用典故，安蛇足即"画蛇添足"，讽刺自己无端多事，弄巧反拙，以致落得如今这一番下场。捋虎须，比喻撩拨、触犯凶恶残暴的人。《庄子·盗跖》："丘所谓无病而自灸也。疾走料虎头，编虎须，几不免虎口哉！"叙述孔子游说盗跖却被驱赶出来。指因反对朱温篡唐，遭到贬谪之事。回顾往事，诗人表面以"安蛇足"自嘲，实际上却以"捋虎须"而自负，将自己不畏邪佞、舍身报国的忠贞品格和自负心理表现得淋漓尽致。最后两句表现出诗人在表面安贫的现状下，藏着的是不甘于现状、渴望有所作为的报国热情。诗人空有满腹才华，却不被重用无法施展，其心中的愁苦可想而知。此诗虽题为安贫，抒发的却是怀才不遇、报国无门的政治上的失意。故黄庭坚评曰："老杜虽在流落颠沛，未尝一日不在本朝，故善陈时事，句律精深，超古作者，忠义之气，感发而然。韩偓贬逐，后依王审知……其词凄楚，切而不迫，亦不忘其君者也。"

自　遣

罗　隐

得即高歌失即休，
多愁多恨亦悠悠。
今朝有酒今朝醉，
明日愁来明日愁。

罗隐（833—910），原名横，字昭谏，号东江生。少有才名，但仕途坎坷，十举进士不第。晚年投奔吴越王钱镠。他自负有才，却十举进士不第，郁结满怀，故作此诗，自我开解。

全诗大意：有机会唱歌就唱，没机会就罢了。再多的愁再多的恨都全然不理，悠然快活。今天有酒就喝个酩酊大醉。明日有忧愁就明日再愁吧。

本诗刻画了一个纵酒高歌的诗人形象，其不免有政治上的失意，但更多的是乐观洒脱、自我排解的人生态度。这个醉人形象代表了大部分旧时知识分子排忧解难的选择：借酒消愁。千百年来，"酒"都是人们排忧解忧的最佳选择，有"何以解忧，唯有杜康"之说，也有"举杯消愁愁更愁"之说，现代人们难过之时也寄于宿醉，不管如何，酒总是与解忧挂上对钩的。作者的经济条件是不可能日日饮酒的，然而愁却是日日在那里，"今朝有酒今朝醉"更像是对这种以酒解忧心态的最好诠释。首句颇有"得之我幸，失之我命"的意味，体现的是历经人生千帆后对得失不予计较的淡定从容。这种从容始于对外界残酷现实的无奈与无力，归于内心探寻的淡泊安定。晚唐政治极端腐败，知识分子感叹生不逢时，寄笔墨于对现实的鞭挞和对明世的渴求。而作者探求的结果则是"明日愁来明日愁"。人生短暂，作者对自己前半生的愁苦尚且不能化解，如何有心忧愁即将到来的苦难。那就及时行乐吧，喝今天的酒，忧今日的愁。然而眼前的酒是化解不了永久的忧愁的。但人活在当下，活在今天，只过好今天就好。这对于今天的我们仍有借鉴意义。或许是走投无路，或许是迷茫徘徊，我们能做些什么？千年前的罗隐已经告诉了我们答案，"今朝有酒今朝醉，明日愁来明日愁"，做好当下。

代悲白头翁

刘希夷

洛阳城东桃李花，飞来飞去落谁家？
洛阳女儿惜颜色，坐见落花长叹息。
今年花落颜色改，明年花开复谁在？
已见松柏摧为薪，更闻桑田变成海。
古人无复洛城东，今人还对落花风。
年年岁岁花相似，岁岁年年人不同。
寄言全盛红颜子，应怜半死白头翁。
此翁白头真可怜，伊昔红颜美少年。
公子王孙芳树下，清歌妙舞落花前。
光禄池台文锦绣，将军楼阁画神仙。
一朝卧病无相识，三春行乐在谁边？
宛转蛾眉能几时？须臾鹤发乱如丝。
但看古来歌舞地，唯有黄昏鸟雀悲。

刘希夷（约651—约680），一名庭芝，字延之，汝州（今河南汝州）人。其诗以歌行见长，多描写男女恋情，风格柔美华丽，且多感伤情调。《旧唐书》本传谓"善为从军闺情之诗，词调哀苦，为时所重。志行不修，为奸人所杀"。相传即因此诗中有"年年岁岁花相似，岁岁年年人不同"之句，其舅宋之问欲据为己有，刘希夷不允，遂被宋遣人用土袋压死。

全诗大意：洛阳城东有桃花李花，随风飞动落在了谁的家里？洛阳女子有着娇艳的容颜，坐在院中看着落花长声叹息。今年的桃花李花因凋零而颜色衰减，明年花开时节谁还会在？已经看见了松柏被摧残砍伐变成了柴薪，又听说那桑田变成了沧海。古人已经不再悲叹洛阳城东的落花了，今人却还对着随风飘零的落花而悲伤。一年一年花开的景象都是相似的，一岁一岁看花的人却是不相同。我要告诉那些正值青春年华的红颜少年，应该去怜悯已是半死之人的白头老翁。这个白发苍苍的老翁真是可怜，然而他从前也曾是一位红颜美少年。这位白头老翁曾与公子王孙在芳树之下作乐，在落花之前清歌妙舞。他曾像东汉光禄勋马防那样用锦绣装饰池台，也曾像贵戚梁冀在将军的府第楼阁中画神仙画。如今他卧病在床无人理睬，曾经的纵情欢乐又在哪里呢？美人娇艳的容颜能保持多久？片刻之间就已经是白发蓬乱了。你看那古往今来的歌舞盛地，最后只有黄昏中悲鸣的鸟雀残存。

这是一首拟古乐府诗。《白头吟》是汉乐府相和歌楚调曲旧题，古题写的是一个女子向遗弃她的情人表示决绝。而刘希夷的这首《代悲白头翁》则是从女子写到老翁，咏叹了青春的易逝、世事的无常。

自古以来都有用花来形容女子的传统，所以当洛阳女子看到随风飘零的落花，自然就会联想到容颜老去，不禁悲从中来。"大都好物不坚牢，彩云易散琉璃脆"，青春易逝，生命有限，良辰美景更是短暂，由花开花落的景象引发了对人生短暂、红颜易老的感伤和惋惜，今年看过花开花落的人，明年还会在吗？"古墓犁为田，松柏摧为薪"，世事变化，桑田变沧海，都是冥冥之中自有定数，一年一年不同的人看到了相似的花，可如果花落还有重开时，那么人的青春逝去了，还有重来的可能吗？此诗中"年年岁岁花相似，岁岁年年人不同"一句与李白《把酒问月》中"今人不见古时月，今月曾经照古人"一句有着异曲同工之妙，蕴含着哲理性。今日的白发老翁，昔年也曾青春年少、光彩照人过，他也曾和王孙公子花前月下，饮酒作乐，可惜富贵如浮云，转瞬就消散，一朝抱病，种种乐事皆成空。从青春红颜到衰老多病，从富贵享乐到孤苦凄凉，不过是朝暮之间的事，进一步抒发了对美易逝的感慨和对生命短暂的叹惋，增强了诗歌的艺术感染力。此诗构思精妙，多处运用对比手法，使人更清楚地感受到红颜易老、世事无常的辛酸无奈。此诗语言优美，音韵和谐，虽是在表达感伤之情，却不会给人以压抑颓废之感。

宋诗

篇

秋　怀

欧阳修

节物岂不好，秋怀何黯然！
西风酒旗市，细雨菊花天。
感事悲双鬓，包羞食万钱。
鹿车何日驾，归去颖东田。

欧阳修（1007—1072），字永叔，号醉翁，晚号六一居士，吉州永丰（今江西吉安）人。北宋著名政治家、文学家。宋仁宗庆历五年（1045）八月，"庆历新政"失败，执政大臣杜衍、范仲淹等相继被斥逐。欧阳修因上书为他们辩护而被捏造罪名，由河北都转运按察使降知滁州。遭贬之后的欧阳修对社会现实有了比较清醒的认识。此诗即作于到任滁州后的一个秋天。

全诗大意：这节令风物难道有哪里不好，为什么秋怀秋思让人忍不住黯然神伤。西风吹动市上的酒旗，细雨中金色的菊花盛放。想到国家大事愁得我灰白了双鬓，白白地耗费朝廷俸禄我感到羞愧难当。什么时候能驾着鹿车，回到颍东过耕田植桑的生活。

历来诗人写秋，大多悲伤之语，抒发惆怅悲怆的情感，如杜甫《登高》"风急天高猿啸哀，渚清沙白鸟飞回。无边落木萧萧下，不尽长江滚滚来"。但此诗不同，诗人以"节物岂不好"开篇，似在问人亦在问己，节令风物有哪里不好吗？你看那秋风中舞动的酒旗、细雨中盛放的菊花，秋天的节令风物都是极美好的。所以诗人在"感事悲双鬓"一句中直言自己的"秋怀何黯然"不是悲秋，而是在为国家大事忧愁。诗人忧国忧民，多次呈上奏疏，但朝廷对他的建议都不予理睬，所以诗人才有"包羞食万钱"之感，他觉得自己尸位素餐，享受着国家丰厚的俸禄却于国事无补，故而羞愧。由此可以看出诗人报国无门的苦闷、忧愤，自然也就能理解诗人为何会向往归隐生活了。

登飞来峰

王安石

飞来山上千寻塔，
闻说鸡鸣见日升。
不畏浮云遮望眼，
自缘身在最高层。

王安石（1021—1086），字介甫，号半山。封为舒国公，后又改封荆国公。世人又称"王荆公"。抚州临川（今江西抚州）人。北宋著名政治家、文学家。宋神宗年间，王安石主持变法，一定程度上达到富国强兵的目的，但也带来北宋政坛上长期的党争。

全诗大意：听说飞来峰上有极高的塔，鸡鸣时分能看见太阳升出的样子。在这里不惧怕浮云会挡住远望的视线，就是因为身处山的最高层。

此诗写飞来峰，却没有去写飞来峰的景致，集中笔墨去展现登飞来峰时的感受。诗人以写景来喻志，选词用句都极具意味。第一句极写飞来峰之高，以喻诗人立足点之高、视野之广，体现出诗人充足的自信。第二句选取"日升"这一现象，寓意气象万千、光辉灿烂之前景。第三句"不畏"二字气势夺人，夺人心魄。其中"浮云"表面写山中之景，但在古典诗歌传统中常用以指示小人，如《新语·慎微篇》："故邪臣之蔽贤，犹浮云之障日也。"表明王安石此时已对其变法的阻力有所预料，并展现出极高的胆魄与无所畏惧的信心。最后一句就正常语序而言本应在第三句前，这里放在最后，使全诗气势沉雄，有高瞻远瞩之气概。此诗作于王安石早年，充分反映其不畏困难，勇于改革的豪迈气魄和坚强意志，也可称为其一生精神气魄的写照。

和子由渑池怀旧

苏　轼

人生到处知何似？应似飞鸿踏雪泥。
泥上偶然留指爪，鸿飞那复计东西。
老僧已死成新塔，坏壁无由见旧题。
往日崎岖还记否，路长人困蹇驴嘶。

苏轼（1037—1101），字子瞻，又字和仲，号东坡居士，世称苏东坡、苏仙。眉州眉山（今四川眉山）人，祖籍河北栾城。苏轼是北宋全能型的文人，诗、词、文、书、画等皆精。由于苏轼耿介的个性与正直的人格，其在北宋中后期激烈的党争中多次遭贬，历尽坎坷，但其一生皆能保持旷达的心境。此诗作于1061年，当时苏轼赴陕西凤翔做官，路过渑池，回想当日与弟弟苏辙赴京应试路经此地的场景，有感而作此诗。

全诗大意：人生在世到这儿又到那儿，偶然留下一些痕迹，你觉得像什么呢？我觉得像随处飞翔的鸿鹄，在雪地里这一块那一块地留下脚印。它在雪地留下的爪印是偶然的，因为鸿鹄哪会计较是东还是西。老和尚奉闲已经去世了，只留下了一座藏骨灰的新塔，再也看不见那我们曾一起题过诗的破壁了。你还能记得我们当年赴京应试的崎岖路程吗？路远人疲惫，连驴也累得直嘶叫。

苏轼由苏辙原诗"相携话别郑原上，共道长途怕雪泥"之语中的"雪泥"二字引发联想：人的一生之中所到之处留下的痕迹像什么呢？应该就像飞来飞去的鸿雁偶然之中脚爪踏在雪泥上留下的爪印，指爪印是偶然留下的，鸿雁不会记得，而且那痕迹很快就会消失。此诗开头的这段议论很有哲理性，形象生动，寄意深沉，而"雪泥鸿爪"则作为苏轼诗中很著名的一个比喻流传下来，成为成语。"老僧已死成新塔，坏壁无由见旧题"是对苏辙诗中怀旧之语"旧宿僧房壁共题"的应和。昔年苏轼兄弟二人在渑池县的僧寺中投宿，在墙上题过诗；但如今老和尚死了，当年题的诗句也找不着了。由此可见，人的一生确如"雪泥鸿爪"，即便偶然之中可以留下痕迹，但终究会在时光中被磨灭，从某种意义上来说，这也是宇宙运行的一部分，无须过分执着于过去，执着于怀念。未来的路充满希望，更值得用心力去开拓。从此诗中也可以感受到苏轼那种积极乐观的人生态度。纪昀在《始己评苏诗》中评此诗云："前四句单行入律，唐人旧格。而意境恣逸，则东坡本色。"是极为恰当的。

食荔枝 (其二)

苏 轼

罗浮山下四时春，
卢橘杨梅次第新。
日啖荔枝三百颗，
不辞长作岭南人。

此诗由诗人在绍圣三年（1096）作于惠州，此《食荔枝》题下有两首，这里所选是第二首。作者因被人告以"讥斥先朝"的罪名被贬到岭南，在五十七岁时已经饱历命运的荣枯盛衰，现在面对命运的转变他心中一片安谧，他以第一个牺牲者的身份来到岭南，以真诚勇敢之心面对命运。

　　全诗大意：罗浮山下一年四季都像是春天的样子，枇杷黄梅连接着成熟。如果每天能吃到三百颗荔枝，我就乐意一直做这岭南之人。

　　诗的前两句，直接将岭南四季如春、果实丰茂的地理状况描绘出来，"四时春"和"次第新"都从侧面反映出了作者对岭南的喜爱。中国的南方似乎和作者以前所想的不适生存的地方不太一样，处处是浓绿的草木和亚热带水果，的确是岭南万户皆春色。诗的后两句，把他对人生的态度表现了出来。在其他诗人为被贬到岭南地区而哀伤抱怨的时候，东坡却在品尝荔枝享受生活乐趣，反映出了作者被贬后依旧能享受生活的乐观的生活态度，经历过命运起伏跌宕的苏轼内心已经能平静对待生活并享受生活。

纵　笔 (其一)

苏　轼

寂寂东坡一病翁，
白须萧散满霜风。
儿童误喜朱颜在，
一笑那知是酒红。

宋哲宗元符二年（1099），苏轼由惠州贬所再贬儋州，时已六十四岁，老病缠身，正处于"食无肉，居无室，病无药，出无友"的困境。此年岁末作《纵笔三首》。这里所选为第一首。

　　全诗大意：现在孤苦寂寞的东坡是一个病翁，毛须早已斑白，在风中萧散的样子像霜风一样。儿童们看到我脸色红润，错以为我还青春不老，我听后不由一笑，他们哪知道是喝酒后的脸红。

　　前两句主要借助了白描的手法，描绘出了一个饱经沧桑、疾病缠身、满头白发的诗人形象。平平写来，却也大有意味。写本人的老病之相，看似是嗟穷叹老，实则不然，却为后文的反差蓄足了势。后一句，作者笔锋一转，写到了儿童眼中看到的一个气色红润的老人形象，而"一笑"揭示了诗人脸红的原因是因为喝酒，不免又让人心情沉重。诗人变化的语调，使读者的感情也随之起起伏伏。此诗最出色之处，便是刻画出感情的起伏变化、色彩的前后交错、内容的肯定与否定的错落，将东坡旷达的态度与坦荡的胸襟直呈于纸上。

六月二十日夜渡海

苏 轼

参横斗转欲三更，苦雨终风也解晴。
云散月明谁点缀？天容海色本澄清。
空余鲁叟乘桴意，粗识轩辕奏乐声。
九死南荒吾不恨，兹游奇绝冠平生。

东坡一生仕途不顺，在职期间屡次遭到贬职，最后一次更是在年迈之时被贬到当时还是蛮荒之地的海南岛。元符三年（1100），当时苏轼遇赦北归，离开栖居多年的儋州，在经过琼州海峡时作此诗。可以看作苏轼对其一生患难生涯的总体认识。

全诗大意：天上星辰转移，已经快到三更时分。虽然经历了凄风苦雨，天色总算已经放晴。乌云散去，明月当头，此时还有什么能点缀天空呢？殊不知天空与大海本就应一片澄澈。我虽怀抱孔子的救世之志，却也仿佛听到了黄帝时期演奏的优美音乐。这次被贬南荒虽然是九死一生，但我也决不悔恨，因为这一次是我一生最奇异的壮游。

诗句开篇点明时间，利用时间渲染氛围。参星横斜，北斗星转向，正值夜深时分。此刻黑夜将过，迎接黎明，运用比喻的修辞手法，以天空星象的转变暗喻诗人的政途将会获得新生，迎接黎明。雨停风止，天空终于放晴，苦雨大风是诗人仕途的写照，狂风暴雨是诗人人生的坎坷，"晴"字在此是双重解释，一为天晴，二为心情放晴。颔联同样有一语双关之意味。此时新政失败，苏轼得以归京，而这是何人助力？诗者不免疑问。下句的"本澄清"自问自答，政乱诬陷就如同那蔽月的浮云，终会消散。本诗的首联、颔联均采用比喻的手法，其中首联两句皆为暗喻。两联看似写景，实则写意，这也算是诗人对自己过去经历的一个简要概括。颈联借用典故，以孔子之口表达自己的政治立场。子曰："道不行，乘桴浮于海。"同样，乘桴也是多重解释，既有因政见不同而流露出的出世思想，又照应标题，准确表达出正在渡海的情景。轩辕是黄帝的代称，炎黄大败蚩尤，创造华夏文明，听闻乐声和润悠扬，此时诗人联想浮翩，一派政局平和的场面浮现。尾联中"九死而不恨"与屈原的"虽九死其犹未悔"有异曲同工之妙，虽是贬谪到偏远的南方，但我仍然不因政见不同被贬而感到悔恨，表现出诗人坚定的信念和宏伟的人生抱负，以及豁达的人生态度。

登 快 阁

黄庭坚

痴儿了却公家事，快阁东西倚晚晴。
落木千山天远大，澄江一道月分明。
朱弦已为佳人绝，青眼聊因美酒横。
万里归船弄长笛，此心吾与白鸥盟。

黄庭坚（1045—1105），字鲁直，号山谷道人，晚号涪翁，洪州分宁（今江西修水）人。北宋著名诗人、书法家。其在诗歌领域与苏轼齐名，并称“苏黄”。同时又是江西诗派的开山祖师，与杜甫、陈师道、陈与义合称江西诗派的“一祖三宗”。该诗作于诗人任泰和知县期间。

　　全诗大意：处理完公事，就登上江阁，看那晚上的风光。只见群山的树叶都已落尽，显得天地格外的辽阔，一道清江在月色下更是特别澄净。因为佳人，早已不再抚琴，如今置身于美酒之中。期待着乘上归船，吹着长笛，将一片心肠寄放在山水之间。

　　江西诗派的诗风以好用典故而著称。首句即出自《晋书·傅咸传》“生子痴，了官事。官事未易了也，了事正作痴，复为快耳”。诗人以痴儿自许，认为自己就是一个认真处理官事才安心的人。其中也透露出不得纵情山水的些许无奈。第二句“倚晚晴”自然带出颔联，其中“倚”字绝妙，从杜甫《缚鸡行》“注目寒江倚山阁”化出，含有倚阁与赏晚晴两个动作。三、四句写景，无边落木，天高山远，澄江奔涌，月光皎洁，意境辽阔而浩大，风景清秀而空灵。寓情于景，表达出诗人对于自然风光的喜爱，其归隐之心可能即由此愈加热烈。颈联由写景转至抒发感慨，但绝不直白，以巧妙运用典故来言志。第五句化用《吕氏春秋·本味》“子期死，伯牙断琴绝弦，终不复琴”。这里提到的朱弦代琴，所谓佳人，实为知己之意。黄庭坚此刻便以当代的伯牙自居，弦为知己者绝，人因美酒而喜。显示出诗者因旁无知己，借酒消愁的感慨。第六句用阮籍青眼之事，表明自己好恶，表达自己对闲适生活的喜爱，不愿驻留官场同流合污的情怀。尾联以鸥鸟盟誓表示自者毫无利禄之心，借指归隐。“归”字直抒归隐之意，伴有长笛之乐，富有清新脱俗之感，更显意味无穷。

怀　远

陈师道

海外三年谪，天南万里行。
生前只为累，身后更须名？
未得平安报，空怀故旧情。
斯人有如此，无复涕纵横。

陈师道（1053—1102），字履常，一字无己，号后山居士，彭城（今江苏徐州）人。苏门六君子之一，江西诗派的代表人物之一，与苏轼亦师亦友，一生安贫乐道，闭门苦吟，专力为诗。该诗作于苏轼被贬至海南的第三年。

全诗大意：你已经被贬到海南有三年之久了，只身前赴遥远的万里南方。生前被名声所拖累，死后还能再需要所谓的名声吗？我还没有收到你的平安信，只能想想当年的旧情。如此人物居然有如此命运，唯有老泪纵横而已。

此诗题目有很强的指明性，"怀远"顾名思义是怀恋远方的人，开篇点题，为读诗指明方向。全诗采用纪实的手法，内容简洁明了，通俗易懂。"海外三年谪"直接点明该诗的创作背景，说明苏轼被贬海南满三年的状况。古时人们地理思想尚未成熟，又因海南与陆地板块相隔琼州海峡，所以此时诗者便在这里写到海外，意思是路途遥远的意思，与现代海外释义有所出入。"海外"二字恰与下句呼应，点明"万里"，这里点明诗人对好友的关心，也表示出长期未见好友的思念。苏轼是宋代著名的文学家，名望极高，但是他的才名却没有在政治上给他带来什么实质性的好处，反而仕途艰难，所以将这大好的名声生前视为拖累，身后视为无用。古时地域封闭，交通发展落后，苏轼前往海南的道路异常艰辛，而正是这道路的坎坷导致两人的交流也变得无比困难，所以陈师道很难得到苏轼的消息，也就有"未得"的出现。交通不便，再加上苏轼是被贬之身，两人不可能时时来往，所以，诗人只能终日想象，怀恋旧情。尾联诗人以自己的视角的感叹结尾。"斯人"指苏轼，大文豪苏轼都落得这番下场，不免心生感叹，加之两人亦师亦友，也替苏轼感到可惜。

春　日（其一）

晁冲之

男儿更老气如虹，
短鬓何嫌似断蓬。
欲问桃花借颜色，
未甘着笑向春风。

晁冲之，字叔用，济州钜野（今山东巨野）人。其出身于文学世家，诗风偏向江西诗派，亦多有清丽之作。此诗作于其晚年，立意新奇，并大有深意。

全诗大意：作为男儿，到了晚年，还依然意气如虹。虽然头发稀疏，又怎么能比作折断的蓬草呢。想到要向桃花借点颜色来让我的面庞更为红润，只是不肯甘心向春风献笑。

首句开篇见义，一个老当益壮的英雄之气扑面而来，而其中的"更"字透露出诗人无论年岁如何老迈都不可能颓唐的决心。第一句作为第二句的例证，特举老人常见的稀疏头发，说即使其像断蓬也毫无关系，因为其心中有如虹的豪气在。如果说前两句是胆气雄健的宣言，第三句就有了调皮的味道，诗人居然异想天开地想向桃花借份颜色，来使自己"老来俏"，与上文有了强烈的反差，使全诗饶有趣味，但也就仅止于此。第四句顺着三句意脉而来，言其最终还是不肯借颜色，不是桃花不肯，而是其不愿意有桃花色，以免有向春风献媚之嫌。联想到诗人的身世与时代，当时晁氏诸人卷入新旧党争而纷纷被贬，晁冲之隐居于野，不与当权派合作，正是不甘"笑向春风"的表现。此诗在幽默活泼的同时给人以剧烈的人格洗礼，可谓举重若轻，极具匠心。

对　酒

陈与义

新诗满眼不能裁，鸟度云移落酒杯。
官里簿书无日了，楼头风雨见秋来。
是非衮衮书生老，岁月匆匆燕子回。
笑抚江南竹根枕，一樽呼起鼻中雷。

陈与义（1090—1139），字去非，号简斋，洛阳人。两宋之交著名诗人，是"江西诗派"的重要代表人物。其诗早期清新俊逸，后期诗风转向沉雄厚重。此诗表现出宋代士大夫典型的生活情态。

全诗大意：满眼都是新诗的材料，可我一时不能剪裁，且看那飞鸟与浮云的倒影落入我的酒杯。这官场的文书堆案好像没有了日，让人厌倦。一抬头，风雨袭来，一年的秋天又要到来。人间是非不断，我这一介书生已渐渐老去；岁月匆匆而过，昔年的燕子又飞回来了。就让我索性将一切烦恼都抛到脑后，喝着美酒，枕着那江南竹根枕，美美地睡上一觉。

此诗的句法安排最具匠心，灵动新巧，是江西诗派诗风的典型代表。首联运用倒装句式。以正常语序，本应先写次句的满眼风光，再写首句的无力为诗，而诗人这样一倒装，将其懊丧感呈现得极为醒目，诗歌亦显得突兀而奇崛，令人印象深刻。颔联与颈联都是一句写情，一句写景，一句写人情，一句写自然，前后语意的割裂使用使得诗歌意脉更为跌宕而流畅，同时愈加表现出诗人对现实生活的厌倦与对自然界的向往。尾联方在诗中第一次使用正常的语序，表达着放弃世间烦恼而向梦乡寻得暂时一乐的快意感，自然不用太过用力，别出新格，可以说，内容与形式得到了完美的契合。总而言之，这首诗属于拗体，采用了不同常规的结构形式，显得兀傲奇崛，是江西诗风的正宗代表。所以有学者称赞其为"学许浑诗者能之乎？此非深透老杜、山谷、后山三关不能也"。

剑门道中遇微雨

陆　游

衣上征尘杂酒痕，
远游无处不消魂。
此身合是诗人未？
细雨骑驴入剑门。

陆游（1125—1210），字务观，号放翁，南宋著名爱国诗人。此诗当作于南宋孝宗乾道八年（1172）冬。当时，陆游由抗金前线南郑（今陕西汉中）调回大后方的成都。本是回归安逸的环境，陆游却心有不甘，路过剑门时百感杂陈，写下这首诗。

全诗大意：我的衣服上沾满了旅途的灰尘与酒的渍痕，远游他乡，没有一处不让我黯然神伤。难道我这辈子就注定做个诗人吗？就在这时，我骑着毛驴走进了剑门关。

此诗开篇即描绘出一个落魄的诗人形象，衣衫不整，风尘仆仆。这是陆游生活的真实写照。陆游曾回忆其一生经历时说"三十年间行万里，不论南北怯登楼"（《秋晚思梁益旧游》），同时其又极为喜爱喝酒，"兴来买尽市桥酒，……如巨野受黄河倾"（《长歌行》）。陆游选择"征尘"与"酒痕"两处意象，正传神地表达出其漂泊四方的形象。次句的"无处"正是指其平生游历的各地，同时也表示此时路过剑门也概莫能外，可能还会比往昔更甚。第三句就道出了其心底深沉的忧虑与自我反省。陆游是"心在天山"的抗金志士，却始终未能如愿大展宏图，此前陆游曾赴南郑前线，而现在又被调离，离自己的梦想又更为遥远。故而诗人有此问，其间充满着不甘。尽管是不甘，最后一句写出无情的现实，来告诉自己，自己如今的这般形象正是古今诗人的样子。因为在中国的文化习俗中，诗人向来骑驴，如杜甫、李贺、贾岛、韦庄等都有骑驴的故事。而这不是陆游想要的，他期盼的是"铁马冰河"的豪景。理想与现实的反差如此巨大，仿佛自己难以逃脱作为诗人的宿命。在这表面静静的叩问与述说中，潜藏着多少自嘲与无奈！

春　日

朱　熹

胜日寻芳泗水滨，
无边光景一时新。
等闲识得东风面，
万紫千红总是春。

朱熹（1130—1200），字元晦，又字仲晦，号晦庵，谥文，世称朱文公。徽州婺源（今江西婺源）人。南宋著名理学家，其思想在封建社会后期影响至深。其诗歌也饶有理趣，多能以浅白活泼的言辞表达精妙有理学的思想。

全诗大意：在风和日丽之日来到泗水之滨观赏风景，这里的风光真让人耳目一新。谁都能认识春天的面貌，处处万紫千红，处处都是春的美景。

此诗看似写景诗，实是一首别致的说理咏怀诗。第一句内容丰富，短短七字间概括力极强，"胜日"写时间，"泗水滨"写地点，"寻芳"写主题，洋溢着无比的喜悦与闲趣。第二句的"无边"道出此时春色之遍地，光景之喜人，而"新"一语双关，既指风物之新，也写其感觉之新鲜。必须说明的是，泗水是孔子的家乡，在今山东南部，当时已沦入金人之手，朱熹自然无缘造访。诗中说到泗水寻芳，实际上指体味孔门之道，而下面的"光景新"指人心因沐浴圣人之说得到的极端愉悦之感。后两句表面写春色之迷人，已遍布人间，走入千家万户。朱熹以此表示圣人之说平易近人而又丰富多彩，就是普通人也能体会学习，从中获得价值的提升，而正因如此，儒家学说也必然在中华大地上枝繁叶茂，长盛不衰。此诗寓哲理于风景中，朱熹对儒学的服膺与赤诚也由此可见。

宋词
篇

乌 夜 啼

李　煜

无言独上西楼，月如钩，寂寞梧桐深院锁清秋。
剪不断，理还乱，是离愁，别是一般滋味在心头。

李煜（937—978），初名从嘉，字重光，号钟隐、莲峰居士。开宝八年（975），宋军攻破金陵，李煜被迫肉袒出降，被封为违命侯。太平兴国三年（978）七月七日，死于汴京，世称李后主。李煜精书法，工绘画，通音律，诗文均有一定造诣，尤以词的成就最高。他的词在晚唐五代词中别树一帜，对后世词坛有深远的影响。李煜的词以被俘为界，分为前后两期，后期词作多倾吐亡国之痛和去国之思，沉郁哀婉，感人至深。此词便是作于降宋被囚之时。

全词大意：我一人沉默无言走上西楼，看那月弯如钩，这沉沉的院子里梧桐饱受寂寞，秋色也被锁住。那剪不断、理还乱的是我的离愁，真是别有一种滋味在我的心头。

由高高在上的君主成为没有自由的阶下囚，长年生活在幽闭的庭院里，这样的巨变打击，性格再淡漠的人也会觉得难以承受，更何况是像李煜这样敏感多情的人。在他眼中，一年四季都带有悲伤的色彩："林花谢了春红，太匆匆。"春花凋谢，他感叹时间的无情、生命的无常；"寂寞梧桐深院锁清秋"，秋日月夜，亦会加重他的孤独和寂寞。正所谓"伤心人别有怀抱"，亡国之痛和去国之思萦绕于胸，刻骨铭心。作为词人，李煜无疑是成功的，可作为帝王，他却是那样失败。世人说他"作个才子真绝代，可怜薄命作君王"，可恰恰是这失败的帝王的经历成全了他词人的成就。倘若没有经历过亡国之痛，他的词怎么可能有那种直击人心的深沉的痛感？然而，若是有的选，我相信，李煜宁可不要"词帝"的名头，也不愿经历国破家亡的痛苦。这首词语言浅白如话，而感情真挚，深沉自然，正如明人沈际飞《草堂诗余续集》中所说："七情所至，浅尝者说破，深尝者说不破。破之浅，不破之深。'别是一般滋味在心头'句妙。"

虞 美 人

李 煜

春花秋月何时了，往事知多少？小楼昨夜又东风，故国不堪回首月明中。

雕栏玉砌应犹在，只是朱颜改。问君能有几多愁？恰似一江春水向东流。

这首词作于李煜被毒死前夕，被视为其绝命词。其意态之哀婉，感情之绝望，令人叹息。有人评价李煜"作个才子真绝代，可怜薄命作君王"，在此词中李煜以其绝世才华写出亡国的哀痛，不得不说是个讽刺。

全词大意：这样的时光什么时候会结束，往事还记得多少？小楼上昨夜又吹来了春风，在皎洁的月光下不忍回忆起故国。雕刻花纹的栏杆、玉石砌成的台阶应该还在，只是不是一样的人了。你的心中有多少哀愁？就好像这滔滔不尽的江水一直滚滚东流。

春花秋月本都是美的，岁月流逝虽然匆匆，但也有可喜之事，然而当词人将这一切与自己的命运联系起来，一切就都带有了悲伤的色彩。"往事""故国"的不堪回首，是词人经历了亡国之痛后再也无法解开的心结。明人尤侗在《苍梧词序》中说："每念李后主'小楼昨夜又东风'，辄欲以眼泪洗面……词之能感人如此！"的确，从词人笔下的一字一句中，我们都能感受他在亡国之后的寂寞压抑、悲哀绝望。"雕栏玉砌"都应该和以前一样，还在那里，只是曾属于词人的国家、江山都已是"朱颜改"，物是人非终究太伤人。"恰似一江春水向东流"一句与《论语》中"子在川上曰：'逝者如斯夫！不舍昼夜。'"一句有相似之处。两句虽表达情感不同，但都有借流水奔流不息表达无穷无尽之意。

此词语言优美，情感真挚动人，诚如清人陈廷焯《云韶集》中所说："一声恸歌，如闻哀猿，呜咽缠绵，满纸血泪。"

浣 溪 沙

晏 殊

一曲新词酒一杯，去年天气旧亭台。夕阳西下几时回？
无可奈何花落去，似曾相识燕归来。小园香径独徘徊。

晏殊（991—1055），字同叔，抚州临川（今江西临州）人。北宋著名文学家、政治家。晏殊是北宋有名的太平宰相，其词也多以表达富贵闲愁为主。有词集《珠玉词》传世。这首《浣溪沙》可以说是他存世的词中最为脍炙人口的篇章了。其中"无可奈何花落去，似曾相识燕归来"两句历来为人称道。比如说杨慎在《词品》中所评："'无可奈何'二语工丽，天然奇偶。"

全词大意：听一支新曲喝一杯美酒，还是和去年一样的天气和亭台。西下的夕阳什么时候才能回转？百花零落令我无可奈何，似曾相识的燕子飞了回来，在充满花香的小径里独自徘徊。

正所谓"年年岁岁花相似，岁岁年年人不同"，虽然还是昔日的情景，可是心境却是不同。大抵物是人非最为悲凉，若非昨日做对比，今日之伤不会这样深切。有酒有歌，想来是极为潇洒惬意的，可是这和去年一样的场景却令人伤心，景物依旧而人事全非，再也不是昔年清歌美酒做伴时的心情了。似乎一切都没有改变，可是又能清楚地感觉到已经有什么改变了，再也回不去了，就像太阳东升西落，它会每天照常升起，可落下了却不能回转，一如这匆匆而过的时光不会倒流。花落燕归，春逝矣，一切是那样的无可奈何，大抵人生就是如此吧！深切地怀念着逝去的日子。人的一生很短，在茫茫的历史长河中，转瞬即逝，可是人类思想乍现的灵光，却如高山大川绵延不绝。虽然无时无刻不在失去，可好在失去的同时也在得到。而且那些失去的，也并不是真的消散了，它们总会留下些什么，待到他日时机成熟，涅槃重生。

此词语言清丽自然，通俗易懂，含蓄地表达了对时间、对人生的思考，蕴含深刻哲理，十分耐人寻味。

渔 家 傲

晏　殊

　　画鼓声中昏又晓，时光只解催人老。求得浅欢风日好。齐揭调，神仙一曲渔家傲。

　　绿水悠悠天杳杳，浮生岂得长年少。莫惜醉来开口笑。须信道，人间万事何时了。

对于时光易逝的感叹，在古往今来文人骚客的创作史中占了浓墨重彩的一笔。晏殊这首《渔家傲》正是其中之一。

全词大意：在阵阵画鼓声中不知不觉到了黄昏时候。那不解风情的时间啊，只知道催人老去。希望能享受须臾的欢乐，发现时光的美好。让我们一起放声歌唱吧，唱一曲仙乐般的《渔歌子》。湖水清澈悠然，天空缥缈苍茫。人又怎能一直青春年少。不要吝惜醉酒后的纵情欢笑。我们需要相信的是，人间的万事是没有结束的时候的。

此词开篇的场景选择极有意味。在欢快的画鼓声中，从晨曦到日暮，看来欢乐的时光是可以让人暂时忘却一天天老去的烦恼，这倒是很有种"当其欣于所遇，暂得于己，快然自足，不知老之将至"的感觉。当然欢乐的时光总是短暂的，生老病死才是长长久久存在的定律，人始终不能青春常驻，永远年少。然而，正是因为生命短暂，才要尽情去笑，去享受，去体验万物。及时行乐并不是消极的生活态度，而是一种直面人生衰老与死亡的勇敢潇洒。虽然青春难驻，但天高水长，何不饮酒作乐，笑傲人生，忘却纷扰？晏殊这首《渔家傲》颇有《论语·述而》"发愤忘食，乐以忘忧，不知老之将至云尔"的风致，体现出晏殊对人生深切的思考。此词正因对时间流逝感慨深切，所以其中多名句，如"时光只解催人老""浮生岂得长年少""人间万事何时了"等句都极为浅白，却都富含哲理，为人人心中皆有而笔下所无之句，晏殊将其述之笔端，令人印象深刻。

鹤 冲 天

柳 永

　　黄金榜上，偶失龙头望。明代暂遗贤，如何向。未遂风云便，争不恣狂荡。何须论得丧。才子词人，自是白衣卿相。

　　烟花巷陌，依约丹青屏障。幸有意中人，堪寻访。且恁偎红倚翠，风流事、平生畅。青春都一饷。忍把浮名，换了浅斟低唱。

柳永（约984—约1053），原名三变，后改名柳永，字耆卿，因排行第七，又称柳七，福建崇安人。北宋著名词人，婉约派代表人物。这首词是柳永早期的作品。他初次参与进士科考落第之后，为抒发牢骚而作此词，它不仅表现了词人的思想性格，而且可以说是影响了词人的一生。南宋吴曾《能改斋漫录》中记载："仁宗留意儒雅，务本理道，深斥浮艳虚薄之文。初，进士柳三变，好为淫冶讴歌之曲，传播四方。尝有《鹤冲天》词云：'忍把浮名，换了浅斟低唱。'及临轩放榜，特落之，曰：'且去浅斟低唱，何要浮名？'景祐元年方及第。"

全词大意：这次金榜上，我只不过是偶尔失手，没有考中状元。即使是清明的朝代，也有可能暂时埋没贤才。既然如此，人不如去青楼楚馆，纵情放荡，何必谈些得失。做一个才子词人，堪比那王侯将相。

妓院中，有的是精致的绣户，更有我喜欢的人可以去寻访。与她们相依相偎，过着风流的日子，才是我平生快意之事。青春不过片刻，我宁愿把那功名，都换成眼前的美酒与音乐。

通过"黄金榜上，偶失龙头望"一句可知词人的极度自信，对于他而言，进士及第不是目标，他的目标是"龙头"，然而现实却是名落孙山。"明代暂遗贤"一句不仅表明了自己是偶然落第的贤才，而且暗含了对统治者不能识才用才的讽刺。"未遂风云便"，既然渴望建功立业的政治抱负无法实现，不如"争不恣狂荡"，这明显是气话，是自负有才却不被重用后的牢骚不平，我这才子词人虽然是"白衣"，却也一点不比"卿相"差。"风流事、平生畅"词人看似豁达，实则对功名有着难以割舍的执念，只是词人自恃有才，落第这件事使他自尊心受了强烈的打击，他不得不给自己找个台阶下罢了。若是真的放下了功名，他又为何要年近半百还去应试？"忍把浮名，换了浅斟低唱"，一个"忍"怎么能没有忍痛割爱之意？不过也正是这落第之后在下层人民中生活的经历，才真真切切地让他获得了"白衣卿相"的地位。正所谓"塞翁失马，焉知非福"，这世间的因果得失，谁又说得清呢？此词直抒胸臆，语言自然流畅，与民间曲子词极为接近，有着独特的艺术魅力。

满 庭 芳

苏 轼

元丰七年四月一日，余将去黄移汝，留别雪堂邻里二三君子，会仲览自江东来别，遂书以遗之。

归去来兮，吾归何处？万里家在岷峨。百年强半，来日苦无多。坐见黄州再闰，儿童尽楚语吴歌。山中友，鸡豚社酒，相劝老东坡。

云何，当此去，人生底事，来往如梭。待闲看秋风，洛水清波。好在堂前细柳，应念我，莫剪柔柯。仍传语，江南父老，时与晒渔蓑。

宋神宗元丰七年（1084），因"乌台诗案"而谪居黄州的苏轼，接到了量移汝州（今河南临汝）安置的命令。邻里友人纷纷相送，苏轼作此词道别。

全词大意：回去吧，我该回到哪里？我的家乡在万里之外的岷峨。人生百年过了一大半，未来的日子已经不多。在黄州见到了两次闰月，孩子已经学会楚语吴歌。山中朋友，宴饮聚会，劝我留在东坡养老。为什么？又要走了，人生为什么像织布梭一样频繁奔波？等到闲暇时候再去看秋风吹拂洛水起涟漪。还好堂前的杨柳，朋友们应该会顾念对我的情谊，不会剪去柳条。请传话给江南父老，常常帮我晾晒打鱼时穿过的蓑衣。

在谪居黄州的时间里，苏轼寄情山水，创作了《念奴娇·赤壁怀古》等一批杰出作品，在精神上是极为充实满足的，而且虽说他是戴罪之人，但从知州到百姓都对他十分友好，不然也不会有"山中友，鸡豚社酒"的场景出现。他生活在黄州多年，"坐见黄州再闰，儿童尽楚语吴歌"，黄州俨然已经成为他的第二故乡，他对黄州的山水和人充满了深厚的情感。只可惜"此生飘荡何时歇，家在西南，常作东南别"，君命难违，他不得不开始新一轮"飘荡"。虽然汝州离京城更近，但他仍是戴罪之身，心情想来是极为沉重的，"人生底事，来往如梭"，人生到底为什么要一直漂泊、无法停驻？苏轼毕竟是苏轼，生性乐观旷达的他没有沉溺在因漂泊而产生的迷茫之中，"待闲看秋风，洛水清波"，他用亲切平和的笔调将依依不舍之情娓娓道来，请父老乡亲常常帮忙晾晒打鱼时穿过的蓑衣，婉转而深沉地表达了他日归来的愿望，余味无穷。

此词将惜别之情与漂泊之感结合，将难平的心绪与深厚的友情结合，情致温厚，哀而不伤。

行香子·述怀

苏 轼

　　清夜无尘，月色如银。酒斟时、须满十分。浮名浮利，虚苦劳神。叹隙中驹，石中火，梦中身。

　　虽抱文章，开口谁亲。且陶陶、乐尽天真。几时归去，作个闲人。对一张琴，一壶酒，一溪云。

苏轼好酒亦好夜，而此时其正为政治纷争所困扰，心情苦闷，因而他没有"把酒问青天"，也没有"起舞弄清影"，而是严肃地思索人生的意义。其语言畅达，音韵和谐，议论与抒情相结合，格调超然明快，蕴含哲理。

全词大意：夜晚空气清新没有灰尘，月光皎洁明净。倒酒的时候要倒满满一杯。名利如浮云，白白劳神费力。感叹时光易逝，如白驹过隙，像击石而出现的火花一闪即灭，像在梦境中经历的一样虚幻。

虽有满腹才学，却没有人赏识。姑且欢乐地生活，保持天然的性情。什么时候能够归去，做个闲散布衣，做伴的有琴、有酒、有山水。

此词慨叹了人生短促、虚无，表达了词人渴望摆脱世俗羁绊，保持天然本性，享受自然、享受人生之意。苏轼一生几经沉浮，使他原本儒释道三者兼有的思想常常不自主地向释道方面倾斜。此词上阕以写景开笔，夜晚空气清新，月光皎洁，如此良辰美景不可辜负，应该对月饮酒，及时行乐。为说明人生的可贵，连用了三个典故。《庄子·知北游》云："人生天地之间，若白驹之过隙，忽然而已。"古人将日影喻为白驹，意为人生短暂得像日影移过墙壁缝隙一样；白居易《对酒》的"石火光中寄此身"，亦谓人生如燧石之火；《庄子·齐物论》言人"方其梦也，不知其梦也，梦之中又占其梦焉，觉而后知其梦也；且有大觉而后知此其大梦也，而愚者自以为觉"。下阕写自己满腹才学，却没有人赏识，实意在表明自己与世俗的格格不入。怀才不遇应该是令人痛苦、愤懑的，但词人却选择了"且陶陶、乐尽天真"，暗含浓浓的超然出世之意。此词的最后，词人表明了自己的志趣，做个闲人。这首《行香子》的确表现了苏轼思想消极的方面，但也深刻地反映了他在政治生活中的苦闷情绪，因其建功立业的宏伟抱负在封建社会是难以实现的。苏轼从青年时代进入仕途之日起就有退隐的愿望。其实他并不厌弃人生，但须得像古代范蠡、张良、谢安等杰出人物那样，实现了政治抱负之后隐于山林。

满 庭 芳

苏 轼

蜗角虚名，蝇头微利，算来著甚干忙。事皆前定，谁弱又谁强。且趁闲身未老，尽放我、些子疏狂。百年里，浑教是醉，三万六千场。

思量。能几许，忧愁风雨，一半相妨。又何须，抵死说短论长。幸对清风皓月，苔茵展、云幕高张。江南好，千钟美酒，一曲满庭芳。

此词大约作于词人谪居黄州期间，反映了词人在经历过种种波折之后，对人情世态的洞悉，以及他豪放旷达的胸襟。

全词大意：毫不起眼的虚名与微利，算起来有什么值得瞎忙的？万事皆由天定，到头来又是谁强谁弱。不如趁着闲暇未老，尽量放开自我，求一点洒脱不羁。人生百年，全部用来喝酒，可以大醉三万六千场。

仔细想想，一生中有多少忧愁风雨，差不多一半左右，又有什么必要拼命地争强好胜？不如对着清风皓月，以长满青苔的地面做席子，把云层当幕布。江南多么好，有美酒千钟，歌一曲《满庭芳》。

世人汲汲以求的功名利禄其实和"蜗角""蝇头"一样微不足道，"算来著甚干忙"，讽刺了那些醉心追名逐利的世俗之人。世间万事皆由天定，世人你争我夺，到头来不过"竹篮打水一场空"，胜利的未必是强者，输了的也未必是弱者，何必耿耿于怀、汲汲以求呢？"且趁闲身未老，尽放我、些子疏狂"，还是趁着闲暇未老，纵情饮乐吧，表达了词人希望远离争权夺势、追名逐利的愿望。如果说人生中的喜悦和苦难各占一半，又何必拼命地争强好胜？就算不能完全置身事外，也可以尽力地求"些子疏狂"，饮酒享乐，不辜负这一生。"幸对清风皓月，苔茵展、云幕高张"，清风、明月、草地、云幕才是值得去追求的享受啊！表现了词人宠辱皆忘、超然物外的人生态度。全词以议论为主，情理交融，语言简洁自然，确是"达人之言，读之使人心怀畅然"。

临江仙·夜归临皋

苏 轼

夜饮东坡醒复醉，归来仿佛三更。家童鼻息已雷鸣。敲门都不应，倚杖听江声。

长恨此身非我有，何时忘却营营。夜阑风静縠纹平。小舟从此逝，江海寄余生。

宋神宗元丰三年（1080），苏轼因"乌台诗案"被贬黄州（今湖北黄冈）。这对苏轼来说，可谓是劫后余生。苏轼在当时黄州城外的一处荒地上开垦耕作，自号东坡居士。这一时期正是苏轼人生观发生巨大变化的阶段，这首词即清晰地表露了东坡的人生态度。

全词大意：东坡在夜里喝酒，醉了又醒，醒了又喝，回来的时候好像已经是夜半三更了。家童已经睡了，鼾声如雷。反复叫门也没人理，只好拄着拐杖到江边听江水奔流的声音。

可恨人在官场身不由己，什么时候才能忘却追名逐利蝇营狗苟呢。夜深风静，水波不兴。想乘着小船离开就此隐逸，在烟波江湖中了却余生。

上阕叙事，先写自己的醉态，接着写酒醒回家，但家童已睡熟，无人开门，只得"倚杖听江声"的一系列举动。想象一下，夜听江水奔流，想必一定是思绪万千。下阕便详细地写了自己当时的思想活动：可恨人在官场身不由己，我多想驾着小船离开红尘，归隐江湖啊！可惜归隐对于东坡终究是一场幻梦，毕竟"此身非我有"，他哪有选择去哪里的权利呢？满腹才华，却受尽冤屈，流放异乡，想来东坡内心深处也是极为痛苦的，但好在他生性旷达乐观，极懂得苦中作乐。此词意在表达词人渴望摆脱名利、求得余生洒脱自由的思想情感，语言通俗易懂，格调超逸，颇具苏词特色。

定 风 波

苏 轼

三月七日，沙湖道中遇雨。雨具先去，同行皆狼狈，余独不觉。已而遂晴，故作此词。

莫听穿林打叶声，何妨吟啸且徐行。竹杖芒鞋轻胜马，谁怕？一蓑烟雨任平生。

料峭春风吹酒醒，微冷，山头斜照却相迎。回首向来萧瑟处，归去，也无风雨也无晴。

此词作于词人被贬黄州后的第三年，记录了在行路途中偶遇风雨的经历和感受。读东坡此词，感受其人生中"山重水复疑无路，柳暗花明又一村"的豁然开朗之感，这种开朗是淡然乐观的大彻大悟。

全词大意：不要听到林中风雨的声音就停下脚步，下着雨也可以吟唱着从容行走。拄着竹杖，穿着草鞋，脚步轻快，比骑马更好，谁会害怕下雨？凭着一件蓑衣就可以在风风雨雨中度过一生。料峭的春风吹散了酒意，感到一点点寒冷，山上的斜阳正散发着光芒迎接我。回过头看来时的风雨萧瑟，回去吧，并不在乎是雨天还是晴天。

词的上片写出了词人不畏惧风雨、在风雨中仍吟啸徐行的傲岸形象。在这里，"风雨"不仅仅指自然现象，更是暗指政治上的风云变幻。其中"谁怕"二字就是词人内心强大、无所畏惧的直接表现。下片写风雨之后的寒冷，以及雨过天晴后的喜悦。纵观这一路上的风雨后又晴，分明是词人在写自己由被贬后的失意到参悟人生后的豁达。而此词最高妙之处便在于最后一句，"也无风雨也无晴"乃是东坡思想境界的概括之语。若非悟透人间事，怎会有如此心境？难怪郑文焯会在《手批东坡乐府》中评此词："此足征是翁坦荡之怀，任天而动。"

卜算子·黄州定慧院寓居作

苏　轼

缺月挂疏桐，漏断人初静。时见幽人独往来，缥缈孤鸿影。惊起却回头，有恨无人省。拣尽寒枝不肯栖，寂寞沙洲冷。

定慧院是黄州东南的一处寺庙，当时苏轼正寓居于此。"乌台诗案"的风波虽已过去许久，此时的苏轼还是惊魂未定。此词抒发了其内心最深处的幽苦愤懑之意。

全词大意：半弯的月亮挂在梧桐树梢，夜深了人们都休憩了。偶尔看见幽居的人独来独往，仿佛那缥缈孤雁的身影。孤鸿被人惊起回过头来，心里有幽恨却没有人知道。虽然挑遍了寒枝，孤鸿却不肯栖息，宁愿在沙洲忍受孤独寒冷。

此词的上片营造了夜深人静、月挂疏桐的凄清孤寂的景象，为"幽人""孤鸿"的出场做铺垫。幽人独来独往就像缥缈孤鸿的身影，一下子就将幽人与孤鸿巧妙地联系了起来。下片写孤鸿因人而受惊，心怀幽恨，拣尽寒枝不肯栖息，甘愿寄宿于孤独寒冷的沙洲。"拣尽寒枝不肯栖"，不是因为无处可栖，而是不肯栖，借写孤鸿表现了词人自己的孤傲高洁、不愿随波逐流的品质。词中鸿似人，人亦似鸿，确如清人黄苏在《蓼园词选》中所说："语语双关，格奇而语隽，斯为超诣神品。"全词风格清奇，含蕴深广，诚如黄庭坚所言："语意高妙，似非吃烟火食人语，非胸中有万卷书，笔下无一点尘俗气，孰能至此！"确为词中佳作。

踏莎行·郴州旅舍

秦 观

雾失楼台，月迷津渡。桃源望断无寻处。可堪孤馆闭春寒，杜鹃声里斜阳暮。

驿寄梅花，鱼传尺素。砌成此恨无重数。郴江幸自绕郴山，为谁流下潇湘去。

秦观（1049—1100），字少游，号太虚，今江苏高邮人。宋代婉约派代表词人。"苏门四学士"之一。因其词有"山抹微云"句，苏轼戏称其为"山抹微云秦学士"。绍圣四年（1097），秦观因卷入新旧党争，一再被贬。先贬杭州通判，再贬监州酒税，后又被罗织罪名贬谪郴州，削去所有官爵和俸禄，又贬横州。此词作于离郴前。这首词被清人王士祯在《花草蒙拾》中称为千古绝唱。

全词大意：大雾茫茫，楼台依稀难辨，月色昏暗，渡口隐没不见。桃花源看到世界尽头也无处觅寻。春寒料峭，如何忍受在孤寂的客馆里独居，在杜鹃鸟的哀鸣声中夕阳西下了。梅花带来了远方友人的音信，尺素中有他们的关心和嘱咐，堆砌了我深深的别恨离愁。郴江本该绕着郴山流，为了谁要流到潇湘去呢？

此词一开篇便营造出一片朦胧的氛围，象征着词人迷茫不定的人生旅途。夜雾笼罩之下，弥漫着凄迷冷清：楼台在茫茫的大雾中消失，渡口在昏暗的月色中隐没，昔年陶渊明笔下的桃花源更是无处可寻。凄冷的氛围一如作者黯然失意的心绪，果然是"一切景语皆情语"。杜鹃声声则加深了凄迷的氛围，使其变得凄惨。收到表示关心和温暖的信件本该开心的，但身为贬谪之人，北归无望，再见遥遥无期，每一封亲友慰安的书信，都会让作者伤心自身遭遇。"砌成此恨无重数"，恨谁？恨世事难料，恨不能掌控命运，恨自身难逃余生飘零。可是这人生之路啊，又怎么会事事按照自己预想的轨迹行进？你看那原本应该绕着郴山流淌的郴江，不也无可奈何地要流到湘江里去吗？

全词笼罩在凄婉哀怨的气氛之中，委婉曲折地表达了作者的失意和悲苦心情，透露着无可奈何的哀怨、沉痛。

六州歌头

贺　铸

　　少年侠气，交结五都雄。肝胆洞，毛发耸。立谈中，死生同。一诺千金重。推翘勇，矜豪纵。轻盖拥，联飞鞚，斗城东。轰饮酒垆，春色浮寒瓮，吸海垂虹。闲呼鹰嗾犬，白羽摘雕弓，狡穴俄空。乐匆匆。

　　似黄粱梦，辞丹凤。明月共，漾孤篷。官冗从，怀倥偬。落尘笼，簿书丛。鹖弁如云众，供粗用，忽奇功。笳鼓动，渔阳弄，思悲翁。不请长缨，系取天骄种，剑吼西风。恨登山临水，手寄七弦桐，目送归鸿。

贺铸（1052—1125），字方回，自号庆湖遗老。因为人刚介、不谄媚权贵而沉居下僚。早年曾任武职，后转文官，哲宗元祐中为泗州、太平州等地通判，晚居吴下。他的词内容比较广阔，写思妇、商贾，抒发报国情怀，开南宋爱国词之先声。此词作于哲宗元祐三年（1088）秋，词人时任和州管界巡检。西北党项族所建立的西夏时时侵扰北宋边疆，而朝中执政的大臣却主张弃地求和，贺铸作为一个下级官员，人微言轻，又远离京城，只能用这首词吐诉他报国的热忱以及报国无门的悲凉心绪。

　　全词大意：年少的时候，我满腔侠气，结交的都是大都市的英雄人物。我们肝胆相照，意气风发，交谈之中，誓必同生共死。一起去城东赛马，纵饮美酒，更去那郊外打猎，成果非凡。只可惜这样的时光过得太快。这一切都好似黄粱一梦。我告别都城，去外地做闲散小官。从此为了生计，沉沦于无尽的文书工作中。听说边疆有警，真想请缨赴边，为国建功，只怕夙愿不偿，只得引颈遥望。

　　此词的上片追忆自己青年时期豪放不羁的游侠生活，"立谈中，死生同。一诺千金重"，少年侠士性格豪爽，重诺守信，舞刀弄剑好不畅快！可惜"乐匆匆"，"似黄粱梦"。青年时的侠士生活虽然欢快，可惜太过短暂，就像是做了一场黄粱梦，梦醒之后只有惘然。可恨自己离京漂泊多年，却怀才不遇，仍是官职卑微，不能驰骋疆场，建功立业。若是只有自己一人怀才不遇、沉沦下僚，想来词人还不会这样义愤填膺，可事实却是，统治者正在将无数的人才埋没。最后词人的情绪由愤激转向平静，也并不直陈胸臆，而是化用前人成句来表达内心感情。"登山临水"出自宋玉《九辩》"登山临水兮送将归"，"手寄七弦桐"化用嵇康《酒会》"但当体七弦，寄心在知己"，"目送归鸿"翻用嵇康《赠秀才入军》"目送归鸿，手挥五弦"，表示只得以游山玩水来发泄心中的愤懑。总体而言，全词悲壮慷慨，多用三字句，又深沉的音调，唱出了壮志难酬的悲歌，表达了爱国将士们"报国欲死无战场"的郁塞不平之情和对妥协派的强烈控诉。

鹧鸪天·西都作

朱敦儒

我是清都山水郎，天教分付与疏狂。曾批给雨支风券，累上留云借月章。

诗万首，酒千觞，几曾着眼看侯王？玉楼金阙慵归去，且插梅花醉洛阳。

朱敦儒，字希真，号岩壑，洛阳（今河南洛阳）人。一生横跨两宋，早年隐居，宋高宗绍兴五年（1135）赐同进士出身，为秘书省正字兼兵部侍郎。秦桧当政时，朱敦儒任鸿胪少卿。秦桧死之后免官。词多写其闲适之趣，南渡以后，感时念乱，不无家国之恨。《宋史·文苑传》中说朱敦儒"志行高洁，虽为布衣而有朝野之望。靖康中，召至京师，将除以学官，敦儒辞曰：'麋鹿之性，自乐闲旷，爵禄非所愿也。'固辞还山"。由此可知此词正是词人志趣的生动写照。

全词大意：我是天上管理山水的郎官，天帝给了我狂放不羁的性格。天帝批给我支配风雨权力的凭证，我也多次上奏留云借月的奏折。吟诗万首，喝酒千杯。哪里将王侯将相放在眼里过？金玉楼台懒得去，只想插枝梅花醉倒在洛阳城。

此词作于靖康之难前作者隐居洛阳之时，生动形象地表现了词人早年爱好游山玩水、吟诗饮酒的闲适生活以及傲视王侯的狂放不羁的性格。开篇"我是清都山水郎"四句想象力丰富，极具神话色彩，以浪漫、超现实的笔法写出了自己的"少无适俗韵，性本爱丘山"，构思极为新颖、巧妙，写出了自己对游山玩水的闲适生活的喜爱。"几曾着眼看侯王"一句直接写自己对王侯将相不放在眼里，表达了自己对权力富贵的不屑一顾，呼应了此词上片"天教分付与疏狂"中"疏狂"的性格。对于那金玉楼台词人是懒得去的，因为词人有更好的选择，"且插梅花醉洛阳"，词人和梅花一样有着高洁的品质，他是不屑于与世俗同流合污，不屑于"摧眉折腰事权贵"的。

渔 家 傲

李清照

天接云涛连晓雾，星河欲转千帆舞。仿佛梦魂归帝所。闻天语，殷勤问我归何处。

我报路长嗟日暮，学诗谩有惊人句。九万里风鹏正举。风休住，蓬舟吹取三山去！

李清照（1084—约1155），号易安居士。两宋之交著名女词人。有"千古第一才女"之称。长于诗、文、词，兼擅书法、绘画，且通音律。诗文笔力雄健，情辞慷慨。词则继承婉约派风格，南渡前多写其悠闲生活，以造语新丽见称；南渡后多悲叹身世，以情调悲凉为主。此词在李清照的词集中堪称别调，气势磅礴，意象豪迈，表现出潜藏于李清照心中的英雄气。

　　全词大意：远处水天相接，水面大雾迷漫，水上星河转动，又有无数风帆在飘荡。我的魂魄好像回到了天庭，听见天帝在热情地问我要去哪里。我回答说前路茫茫，现在已是黄昏，还未到达。即使我诗才惊人，又有何用呢？长空九万里，正是大鹏冲天而飞的好时刻。风啊！千万别停，就将我这一叶轻舟，直送往蓬莱三仙岛。

　　此词营造了一幅无比瑰丽浪漫的图画。一开篇便描绘出一幅天与云、涛与晨雾朦胧相连的缥缈壮阔的景象，这里虚实交映，可谓奇采壮丽，深合梦境的虚幻性也为下文梦中听到天帝向她发问"归何处"制造了氛围。一个"归"字更宣告了李清照的自我认知，她绝不是凡俗的女子，而是有着天纵之才的人物，大有李白"谪仙人"之味。而"天帝"的形象是"殷勤"的，更加深其出身不凡、自许甚高的形象。下阕是对天帝问语的回答，自然地转向抒情。"路长日暮"是其晚年落寞心境的真实表现。"学诗谩有惊人句"似乎是词人之前一两年"南渡衣冠少王导，北来消息欠刘琨""南来尚怯吴江冷，北府应悲易水寒"等带有讽喻和牢骚意味的"惊人"诗句的概括。而纵然有如此才华，因为是女子之身，也不可能在现实中有施展才能的机会，其中的愤懑也就可想而知。对人间不满，故而能激起其对理想世界的向往。"风休住，蓬舟吹取三山去"一句则表达了词人对理想世界的追求和向往，隐含着对现实社会的不满与失望。此词气势磅礴，音调豪迈，与词人一贯的婉约词风不同，向人们展示了词人性情中豪放的一面。黄苏在《蓼园词选》中评此词道："浑成大雅，无一毫钗粉气。"

永 遇 乐

李清照

　　落日熔金，暮云合璧，人在何处？染柳烟浓，吹梅笛怨，春意知几许。元宵佳节，融和天气，次第岂无风雨。来相召、香车宝马，谢他酒朋诗侣。

　　中州盛日，闺门多暇，记得偏重三五。铺翠冠儿，捻金雪柳，簇带争济楚。如今憔悴，风鬟霜鬓，怕见夜间出去。不如向、帘儿底下，听人笑语。

李清照出生于书香门第，在北宋时期过着一段闲适的生活。靖康之乱后，李清照被迫逃往南方，面临着国破家亡的命运，沉思北宋岁月，不禁百感杂生。此词即是反映其晚年心境的代表作。

全词大意：落日的余晖像熔化了的金子，傍晚的云彩像合围着的玉璧，我现在是在哪里呢？渲染柳色的烟雾渐渐浓郁，笛子吹奏着《梅花落》的怨曲，谁知道还有多少春意。元宵佳节，天气暖和，转眼间难道不会有风雨。有人驾着香车宝马邀请我，但是被我谢绝了。在汴京的日子繁华热闹，闺门中的妇女多有闲暇，尤其偏爱正月十五那天，头上戴着翠鸟羽毛的帽子，有用金线捻成的雪柳，拥簇着比美。现在容貌憔悴，头发斑白散乱，害怕被人看见所以在夜间出门。不如守在帘儿底下，听着外面别人的欢声笑语。

此词乃是伤今追昔之作。全篇叙事结构为：今—昔—今。开头描写了日暮时分的天象，由一句"人在何处"引发故国之思。拒绝了友人的邀请后，词人在词的下片描写了对昔年在汴京过元宵佳节的回忆，昔年的欢乐与当下的酸楚形成对比。"如今憔悴，风鬟霜鬓，怕见夜间出去"点明前文"谢他酒朋诗侣"的原因，而"听人笑语"一句则更是蕴含无限悲凉，元宵佳节本是欢乐团圆的象征，可词人却孤独地听着外面人的欢声笑语，虽未言哀但哀情溢于言表。

此词全词用语极为平易，化俗为雅，委婉含蓄地表达了自己心中的大悲大痛，哀思之深虽未直言，却也有动人心弦之力。明人杨慎《词品》中说："辛稼轩词'泛菊杯深，吹梅角暖'，盖用易安'染柳烟轻，吹梅笛怨'也。然稼轩改数字更工，不妨袭用。不然，岂盗狐白裘手邪？"由此可见此词的艺术造诣之高。

声声慢

李清照

寻寻觅觅，冷冷清清，凄凄惨惨戚戚。乍暖还寒时候，最难将息。三杯两盏淡酒，怎敌他、晚来风急？雁过也，正伤心，却是旧时相识。

满地黄花堆积，憔悴损，如今有谁堪摘？守着窗儿，独自怎生得黑？梧桐更兼细雨，到黄昏、点点滴滴。这次第，怎一个愁字了得！

此词是李清照的代表作，体现出其高超的作词手段与艺术才华，将其凄苦的心境表达得极为透彻而别致，感人至深，极富艺术感染力。杨慎在《词品》中说："宋人中填词，李易安亦称冠绝……《声声慢》一词，最为婉妙。"

全词大意：我终日在不停地寻觅，但这一切都显得冷清，不由令人备感凄凉。乍暖还寒的季节，最难调养身体。纵使饮三杯两盏淡酒，又怎么能抵御傍晚突然吹来的冷风。抬头看那南飞的大雁，却是我往日的相识，真是让人伤心。菊花已经落满园，我整天憔悴，虽然不久花儿将败，也无心去采摘。只有静坐窗前，不知怎样才能独自熬到天黑。黄昏时分，那声声冷雨打在梧桐叶上，此情此景，真不是一个"愁"字能够说得完的！

此词通过描写秋日所见、所感，抒发了自己的孤寂落寞、忧郁愁苦，是悲秋的佳作。最别致的当数开篇连用的十四个叠字，仿佛使愁情也重叠加倍，使原本哀婉的氛围变得更为凄苦悲怆。同时其间也极富层次感。"寻寻觅觅"写词人心有所思而不得以致找寻的焦虑动作。"冷冷清清"表现寻觅的结果，周遭竟是一无所有，一股失望感迎面而来。"凄凄惨惨戚戚"是词人内心情境的如实展现，无可化解的忧愁从此笼罩全篇，奠定全词的感情基调。此十四字虽为着意经营，却不露痕迹。茅映在《词的》中说："这用十四叠字，后又四叠字，情景婉绝，真是绝唱。"接下来借景物来表现这种惨凄心境，淡酒、大雁、菊花、梧桐，无不让其愁绪不断加深。如秋天大雁南归，没想到是旧时相识，关于伤心的事，不言却胜过千言万语。菊花惨败、雨中梧桐，都加深了词人孤苦无依的形象。以"怎一个愁字了得"一句结尾，言有尽而意无穷。

武陵春·春晚

李清照

  风住尘香花已尽，日晚倦梳头。物是人非事事休，欲语泪先流。

  闻说双溪春尚好，也拟泛轻舟。只恐双溪舴艋舟，载不动许多愁。

这首词是绍兴五年（1135）李清照避难浙江金华时所作。当时国家危亡，家乡产业荡尽，丈夫赵明诚病亡，词人一人漂泊异乡，在一个春色阑珊的日子，思及家国之痛，百感交陈，而作此词。

　　全词大意：风停了，花落了，尘土上沾染了花的香气，太阳升高了，却无心梳洗打扮。物是人非，一切都不一样了，有些话想说还未说出口，眼泪就先流下来了。听说双溪的春色正好，也想要去划船游玩，却担心双溪那单薄的小船，载不动我内心沉重的忧愁。

　　在经历了自然界的风雨之后，百花凋零，暗香残留，这样的景致将词人心中的凄苦进一步扩大，因为心灰意冷，所以"日晚倦梳头"。春来春去，花开花谢，亘古如斯，昔日故人今已不在，逝去的终究不会再回来，心里有多痛，不等说出口就已经泪流满面，心情的凄苦可以说是达到了极致。而当愁苦达到了一定程度，不仅会将人压垮，还会让人更想得到解脱、更期待希望。然而对"双溪春尚好"，想要去划船的向往却转瞬即逝，因为词人担心那一叶扁舟，载不动她的愁思。在下阕短短二十五字间，连用"闻说""也拟""只恐"三组虚词，使文意圆转流动，一波三折，将词人内心的波折娓娓道出，毫无雕琢之迹。最后"只恐双溪舴艋舟，载不动许多愁"一句将无形的愁思实质化，却表现得极为新颖。形容"愁"的有许多名句，如李煜的"问君能有几多愁，恰似一江春水向东流"，秦观的"便作春江都是泪，流不尽，许多愁"，贺铸的"试问闲愁都几许，一川烟草，满城风絮，梅子黄时雨"，都倾向于将愁比作流动的水。此词却将愁搬到船上，要称出其重量，形象地反映出愁在词人心中堆积之深，也深刻而生动地让人感受到了词人无解的忧愁和苦闷。

　　全词充满了"物是人非事事休"的痛苦和对故国故人的忧思，构思巧妙，深沉哀婉，感情流露十分自然。明代李攀龙在《草堂诗余隽》中说："未语先泪，此怨莫能载矣。景物尚如旧，人情不似初。言之于邑，不觉泪下。"由此也可见此词的艺术魅力。

凤凰台上忆吹箫

李清照

　　香冷金猊，被翻红浪，起来慵自梳头。任宝奁尘满，日上帘钩。生怕离怀别苦，多少事、欲说还休。新来瘦，非干病酒，不是悲秋。

　　休休，这回去也，千万遍《阳关》，也则难留。念武陵人远，烟锁秦楼。惟有楼前流水，应念我、终日凝眸。凝眸处，从今又添，一段新愁。

李清照与赵明诚夫妻恩爱，伉俪情深，分别之时，自然少不了依依不舍。明人茅映在《词的》中评此词道："出自然，无一字不佳。"此词写得缠绵悱恻，曲折婉转，情感自然流露，真挚动人，尽是肺腑之言。

全词大意：狮子形铜炉里熏香冷透，床上的棉被翻卷起红色的波浪，早上起来懒得梳头。妆镜台随它落满了灰尘，太阳高升光芒超过了帘钩。害怕分别时刻的痛苦，很多事在心里想说却难以说出口。最近一段时间身体消瘦，并不是因为喝酒伤身，也不是因为秋天来临而悲伤。算了吧，你要离开，唱千万遍《阳关曲》，终究还是难以挽留。武陵人离开桃花源后再难回返，烟雾封锁了秦楼。只有楼前的流水奔流不息，应该思念我，整日流泪的双眸。以后我再望着流水的时候，又多了一分相思与哀愁。

此词写离愁别苦，心爱的丈夫即将远行，作为妻子知道无法挽留，心中的痛苦哀怨可想而知。"香冷金猊，被翻红浪，起来慵自梳头。任宝奁尘满，日上帘钩"，几句情景描写，生动形象地展现了词人即将与丈夫分别时无尽惆怅的心情。"多少事、欲说还休"：我生怕与你分别，可你将要远行，我不愿你为我担心，所以我不忍说啊！我甘愿把痛苦埋藏在心底，默默忍受。虽表情含蓄，仍旧可以感受到词人对丈夫的挚爱情深。"千万遍《阳关》，也则难留"一句，词人更是将自己留人不住的失望之情不加掩饰地表现出来，明李廷机《草堂诗馀评林》中说此词"宛转见离情别意，思致巧成"是恰当的。"念武陵人远，烟锁秦楼"之后是词人设想的分别之后的情形，字字句句，皆让人忍不住为之心疼。

水调歌头·过岳阳楼作

张孝祥

湖海倦游客，江汉有归舟。西风千里，送我今夜岳阳楼。日落君山云气，春到沅湘草木，远思渺难收。徒倚栏杆久，缺月挂帘钩。

雄三楚，吞七泽，隘九州。人间好处，何处更似此楼头。欲吊沈累无所，但有渔儿樵子，哀此写离忧。回首叫虞舜，杜若满芳洲。

张孝祥（1132—1170），字安国，别号于湖居士。历阳乌江（今安徽和县乌江镇）人。南宋著名词人、书法家。他善诗文，尤工词，风格宏伟豪放，为"豪放派"代表作家。有《于湖居士文集》《于湖词》等传世。乾道五年（1169）三月，张孝祥请辞侍亲获准，乘舟返乡。中途因天气原因，在岳阳楼附近停留多日。他借机登楼远眺，俯瞰湖海壮景，吊古伤情，此词由此而生。

全词大意：因为湖海漂泊的生活而感到疲倦，在江汉乘舟归去。西风吹拂下行船仿佛一日千里，今夜就把我送到岳阳楼。日落时分，君山云雾茫茫，沅水、湘水两岸的草木展现出春色，飘远的思绪难以收回。一个人久久地倚着栏杆，半弯的月亮像一道帘钩。三楚、七泽、九州是雄伟险要的地方。人间的美景，有哪处像在岳阳楼上看到的一样壮丽呢。想要祭奠屈原却没有地方去，只能效仿渔夫樵夫，抒发离忧之哀。回过头去呼唤虞舜，却看见杜若花开满了水中沙洲。

此词上片写登楼所见之景，景中见情。一开头便直言自己"倦游"，抒发了自己对漂泊江湖、仕途不顺的感慨。这种感慨横贯全词，使笔下的阔大之景也染上沉郁的气息。"西风千里，送我今夜岳阳楼"写经过长时间的行船终于来到了岳阳楼，岳阳楼周围的景致令词人思绪万千。接下来三句描绘洞庭湖的雄壮之景，气象万千，更引其心中的无限感叹。后两句通过时间的变幻，传达着这愁思无有终歇之象。

下片则抒发其吊古伤今之情，以"雄三楚"等三句既勾勒磅礴的气势，也托出其情思的厚重。"人间好处，何处更似此楼头"，登上岳阳楼引发了词人对古往今来人世间的悲喜沉浮的感叹，望着茫茫江面，词人想要凭吊无罪被迫而死的屈原。屈原有着"出淤泥而不染"的坚贞高洁的品质和不屈不挠的斗争精神，词人写哀悼屈原，是为了表明自己和屈原有着一样的精神品质。总而言之，此词表达了词人对宦海沉浮的厌倦和怀才不遇的苦闷，格调沉郁，意蕴深厚。

鹧 鸪 天

陆　游

　　家住苍烟落照间。丝毫尘事不相关。斟残玉瀣行穿竹，卷罢黄庭卧看山。

　　贪啸傲，任衰残。不妨随处一开颜。元知造物心肠别，老却英雄似等闲。

刘克庄《后村诗话续集》把陆游的词分为三类："其激昂慷慨者，稼轩不能过；飘逸高妙者，与陈简斋、朱希真相颉颃；流丽绵密者，欲出晏叔原、贺方回之上。"这首《鹧鸪天》可以算是陆游飘逸高妙一类作品中的代表作之一了。

全词大意：我家住在有着苍茫暮光的乡间，与世上的事情毫不相关。喝完了玉瀣就在竹林里散步，看完了《黄庭》就躺下来观赏山中美景。贪图放纵狂傲，任凭自己衰老，不妨碍自己随时随地开心。原本就知道造物主有另一种心肠，看着英雄老去却视若等闲。

住在苍烟落照间，远离尘世，喝完酒就去竹林散步，读完经书就躺下看山，一幅闲适宁静的画面展现在我们面前。"贪啸傲，任衰残"，笑傲山林，无拘无束，随年华老去也不在意，任万物兴衰也不改其乐，至此，词人给我们留下的是一个豁达恬淡的人物形象。可惜这只是表象。"元知造物心肠别"，原本就知道造物主是铁石心肠，可没想到它竟这样无情，"老却英雄似等闲"，就这样放任英雄在隐居中度过一生。果然最后一句才是实质，对于词人来说，前文的隐居山林、闲适自得，只不过是自我安慰，甚至有种自欺欺人的意味。陆游的一生是仕途坎坷的，他渴望被重用，渴望挂帅出征，可是却怀才不遇，报国无门。此词所选意象虽然平常，但却有一种诗意的美。词中虽极写隐居之闲适，却终是无法隐藏词人心中的愤懑不平之气，读罢令人心酸。

最 高 楼

辛弃疾

吾拟乞归，犬子以田产未置止我，赋此骂之。

吾衰矣，须富贵何时？富贵是危机。暂忘设醴抽身去，未曾得米弃官归。穆先生，陶县令，是吾师。

待葺个、园儿名"佚老"，更作个、亭儿名"亦好"，闲饮酒，醉吟诗。千年田换八百主，一人口插几张匙？便休休，更说甚，是和非！

辛弃疾（1140—1207），字幼安，号稼轩，南宋著名爱国词人，豪放派的代表作家。此词作于绍熙五年（1194），词人当时在福建安抚使任上，已经五十五岁。自二十三岁南归以来，至此已三十二年，词人不但一直没有找到杀敌报国的机会，而且还总是受到排挤和打击，多次被弹劾落职。他在福建安抚使任上本想有一番作为，不料遭到下属和地方既得利益集团的抵制与反对，感到很灰心，打算辞官归隐，却遭到儿子的阻挠，因此写下这首词来训斥儿子。

全词大意：我年纪大了，想要富贵需要等到什么时候？何况富贵中隐藏着危机。穆生因为楚王忘记设醴便抽身离去，陶潜没有享受过俸禄就弃官归隐了。穆先生、陶县令是我学习的榜样。归隐后要用茅草盖个叫"佚老"的园子，再建个亭子取名为"亦好"，闲暇的时候在此饮酒，醉酒后就吟诗。一块田地一千年里要换八百个主人，一个人的嘴里又能插上几张饭匙？便去寻求美好的退隐生活，还说什么是非得失。

此词以"骂子"的口吻言志，看起来是在"骂子"，实际上是在"骂世"，表现了词人对现实社会的不满和弃官归隐的强烈愿望。此词上片"吾衰矣"乃是对《论语·述而》中孔子之言"甚矣，吾衰也"的引用，直言自己衰老不能，而且不愿再做官。"富贵是危机"一句化用前人名言，《晋书·诸葛长民传》："贫贱长思富贵，富贵必履危机。"苏轼《宿州次韵刘泾》诗："晚觉文章真小技，早知富贵有危机。"意在说明富贵不但不可靠，而且充满危机。接着写穆生和陶潜归隐的事例，表明自己辞官归隐的心意已决。而后四句是词人对归隐之后惬意快乐生活的设想。"千年田换八百主，一人口插几张匙？"一句通俗易懂，却蕴含人生哲理，富贵无常，不应贪多。此词语言通俗自然，借"骂子"暗讽了那些迫害自己的追名逐利的世俗之人，表明了自己壮志难酬，打算归隐求乐的志趣。

鹧鸪天·博山寺作

辛弃疾

不向长安路上行。却教山寺厌逢迎。味无味处求吾乐，材不材间过此生。

宁作我，岂其卿。人间走遍却归耕。一松一竹真朋友，山鸟山花好弟兄。

此词作于宋孝宗淳熙九年（1182）后词人闲居带湖时期。全词旨在叙述弃官归隐的理由和乐趣，风格活泼自然，在直白的语句中蕴藏着对人生的深刻思考，更富有理趣。

全词大意：不在去帝都的路上奔波，却多次到山寺去，以至于让山寺倦于接待。在味与无味之间探求人生乐趣，在材与不材之间度过自己的一生。宁可做独立不阿的我，也不愿趋炎附势求取虚名。走遍人间，还是选择归耕。松竹是我的真朋友，花鸟是我的好弟兄。

开篇一句直陈胸臆，表明了词人经过几起几落之后，不愿再去求取功名，宁愿归隐山寺的志趣。接着写打扰山寺次数之多，以致他们倦于接待，在自嘲之中，意在说明自己的出世归隐的坚定。三四句运用两个道家典故，表明既然做不到儒家的"达则兼济天下"，不如学学道家的"清静无为"。"味无味"出自《道德经》"为无为，事无事，味无味"，"材不材"出自《庄子》"周将处于材与不材之间"，表明词人将效法道家的生活态度，在味与无味之间探求人生乐趣，在材与不材之间度过自己的一生。

词的下片紧承上意，进一步阐述自己归隐的理由与乐趣。"宁作我，岂其卿"，词人有着高尚的品格操守，他誓要做真实的自我。其中"宁作我"，出自《世说新语·品藻》："我与我周旋久，宁作我。""岂其卿"出自扬雄《法言》"君子德名为几，梁、齐、赵、楚之君，非不富且贵也，恶乎成名？谷口郑子真不屈其志而耕乎岩石之下，名震于京师。岂其卿，岂其卿"，明显透露出对当权者的不屑。"人间走遍却归耕"化用自苏轼《江城子》："只渊明，是前生。走遍人间，依旧却躬耕。""一松"句语出元结《丐论》"古人乡无君子，则与云山为友；里无君子，则与松竹为友；座无君子，则与琴酒为友"。"山鸟"句则出自杜甫《岳麓山道林二寺行》"一重一掩吾肺腑，山鸟山花共友于"。表明寄托自然的情怀，暗含着不愿沉沦于黑暗世道的节操。全词几无一处不用典，却毫无"掉书袋"之弊，显得明白轻快，在轻松诙谐之中将其人生旨趣表达得极为通透，显示出高超的艺术功力。

丑奴儿·书博山道中壁

辛弃疾

少年不识愁滋味，爱上层楼。爱上层楼。为赋新词强说愁。
而今识尽愁滋味，欲说还休。欲说还休。却道天凉好个秋。

此词作于词人闲居江西上饶期间，全词以"愁"为线索，通过对少年时和"而今"对"愁"的不同感受的对比，反映出词人内心忧愁的变化轨迹。

　　全词大意：年少时候不知道忧愁的滋味，总喜欢登高远望，为了写一首新词只好勉强说愁。现在尝尽了忧愁的滋味，想说却总也说不出，只能说好一个凉爽的秋天啊！

　　词的上片写词人因年少涉世未深而"不识愁滋味"，词人以自嘲的口吻写年少时期的假愁及其目的，是为了与下文"而今"的真愁作对比。正因为"少年不识愁滋味"，所以才会登上高楼赏玩。而因为"爱上层楼"，所以玩赏之时才会效仿前人作词勉强说愁。

　　词的下片与上片形成鲜明的对比，如今知道了愁的滋味，却"欲说还休"，不愿将愁轻易表露出来，这愁该有多么深沉浓烈。过片起句行文腾挪，由年少及老年，由少年不识愁情到如今愁情满怀。"欲说还休"是词人矛盾心理的写照，然而词人却没有将内心的痛苦直白地说出来，反而是故作轻松"却道天凉好个秋"，淡语深情，其中浸润着词人大半生的人生感悟与无可言说的忧愁，本来是极为厚重深沉的情感，却写得含而不露，更加耐人寻味。

破阵子·为陈同甫赋壮词以寄之

辛弃疾

　　醉里挑灯看剑，梦回吹角连营。八百里分麾下炙，五十弦翻塞外声。沙场秋点兵。

　　马作的卢飞快，弓如霹雳弦惊。了却君王天下事，赢得生前身后名。可怜白发生！

辛弃疾一生以抗金收复失地为目标，但因南宋朝廷的求和政策，一直未得施展其报国之志。这是辛弃疾寄给陈亮（字同甫）的一首词。陈亮是一位爱国志士，一生主张抗金，他和辛弃疾不仅是政治上，也是学术上的好友。他们两个均是被南宋统治集团所排斥、打击的人物。因其同病相怜，同声相应，故此词虽为赠人词，实则在自抒怀抱。

全词大意：醉酒后点亮油灯看宝剑，梦醒后听到军营的号角声响成一片。把牛肉分给部下享用，演奏起鼓舞士气的军乐，这是一个在沙场上阅兵的秋天。战马跑得像的卢一样快，弓箭离弦像惊雷一样震耳。想要辅佐君王完成一统天下的大业，赢得生前死后的美名。可惜已经两鬓斑白！

"醉里挑灯看剑"是雄心壮志的体现，也是对报效祖国的念念不忘，"梦回吹角连营"是拂晓醒来时听见各个军营接连响起雄壮的号角声，这写的就是作者心心念念的军旅生活。接下三句写士兵们的宴饮、演奏军歌和阅兵场面，无一不展现出部队强大的阵容和士兵们的豪气。"马作的卢飞快，弓如霹雳弦惊"，描写的是战斗场面，反映出战士们的英勇无畏。可惜理想和现实之间有着不可逾越的鸿沟，"了却君王天下事，赢得生前身后名"，终究只是一场梦，现实是英雄迟暮，壮志难酬。收复失地是作者和友人难以实现的理想，诚如梁启超《艺蘅馆词选》中所说："无限感慨，哀同甫亦自哀也。"这首"壮词"不只为陈同甫而作，也是为了作者自己。全词情感悲壮，在风格上很符合辛词豪放的特点。

贺新郎·别茂嘉十二弟

辛弃疾

绿树听鹈鴂。更那堪、鹧鸪声住，杜鹃声切。啼到春归无寻处，苦恨芳菲都歇。算未抵、人间离别。马上琵琶关塞黑，更长门、翠辇辞金阙。看燕燕，送归妾。

将军百战身名裂，向河梁、回头万里，故人长绝。易水萧萧西风冷，满座衣冠似雪。正壮士、悲歌未彻。啼鸟还知如许恨，料不啼清泪长啼血。谁共我，醉明月。

此词所提的茂嘉应是辛弃疾的堂弟，张惠言《词选》以为"茂嘉盖以得罪谪徙，是故有言"。此词名为送别茂嘉弟，只字未提与其分别的场景，而是写尽人间送别之苦；进而言之，此词着力铺叙的古今离别之苦，也不是此词的主旨，词人要借写送别一吐心中之郁结。

全词大意：绿树荫里鹈鴂叫得凄厉，杜鹃也在悲号，在它们的啼叫声中，春天离去，百花枯萎。然而悲啼的鸟、春去的苦，和人世间的离愁别恨相比，根本不值一提。有王昭君出塞，陈阿娇幽居长门，庄姜送戴妫归陈，李陵陷胡送别苏武，荆轲冒死入秦，哪一桩别离不是无限的悲苦？如果啼鸟知道人间有这样的悲愤与遗憾，它们要流下的不是清泪，而是血了。不知有谁，能和我共看这一轮明月。

此词最大的特点是以人间离别的哀苦与鸟类别春的悲切相对比。开篇极尽形容各类鸟伤春之惨厉，营造强烈的悲愤气氛。而"算未抵，人间离别"一句，来个欲抑先扬，说明鸟类的离别远比不上人类离别之惨。随后列举历史上的大离别，件件写来，皆力透纸背，满含悲痛。结尾处又大笔如椽，归结到此刻的送别主题，前后绾合，气势非凡。全词多用入声字，声如裂帛，无形中增加了感情的爆发力。因全词笔力雄健，沉郁苍凉。清人陈廷焯认为此词是稼轩词中之冠，他在《白雨斋词话》中评此词道："沉郁苍凉，跳跃动荡，古今无此笔力。"此词中涉及的事件虽多，但组织得当，结构和谐，王国维《人间词话》中说："稼轩《贺新郎》词送茂嘉十二弟，章法绝妙。且语语有境界，此能品而几于神者。然非有意为之，故后人不能学也。"

西江月·遣兴

辛弃疾

醉里且贪欢笑，要愁那得工夫。近来始觉古人书。信著全无是处。

昨夜松边醉倒，问松我醉何如。只疑松动要来扶。以手推松曰去。

此词作于庆元年间词人闲居瓢泉期间。从表面看来，确如题目所说，是一时遣兴之作，实则是借醉酒抒发了自己怀才不遇、壮志难酬的伤感和愤慨。语言通俗简洁，明快活泼，表现手法新颖生动，读来十分有趣。

全词大意：醉酒后暂且尽情欢笑，哪有工夫发愁。最近才明白古人书本上的话，完全相信了就错了。昨晚我在松树旁醉倒，问松树"我醉得怎么样"。我疑心松树摆动是要来搀扶我，连忙用手推松树说"去"。

此词开篇即写"醉"字，此词中"醉"字凡出现三遍，仿佛词人就如高阳酒徒一般，而"要愁那得工夫"泄露了词人真实的内心。这明显是正话反说，实是因为愁来无处可以抵挡，故而借酒以浇愁。其写醉酒十分生动新颖，喝酒就是为了忘忧，为了尽情欢笑，在松树边醉倒，还以为松树是人，还与松树对话，真是极形象的醉汉模样。而"只疑松动要来扶，以手推松曰去"一句则表现了诗人的倔强和不服输的坚韧性格。正所谓"举杯消愁愁更愁"，词人虽然在借酒消愁，但他的内心是无比清醒的，所以他说"醉里且贪欢笑"，欢笑来之不易，而且转瞬即逝，所以要"贪"。而古人书之所以不可信，是因为当时的南宋政治社会过于黑暗严峻，古人书中根本没有解决的办法，这一句"近来始觉古人书，信著全无是处"，更像是词人因对当时社会失望不满而愤慨之下说出的"气话"。

卜 算 子

严 蕊

不是爱风尘，似被前身误。花落花开自有时，总赖东君主。
去也终须去，住也如何住。若得山花插满头，莫问奴归处。

严蕊，原姓周，字幼芳，南宋中叶女词人。出身低微，自小习乐礼诗书，后沦为台州营妓，改名为严蕊。南宋淳熙九年，浙东常平使朱熹巡行台州，因唐仲友的永康学派反对朱熹的理学，朱熹连上六疏弹劾唐仲友，其中第三、第四状论及唐与严蕊风化之罪，下令黄岩通判抓捕严蕊，关押在台州和绍兴，施以鞭笞，逼其招供。严说："身为贱妓，纵合与太守有滥科，亦不至死；然是非真伪，岂可妄言以污士大夫，虽死不可诬也。"此事朝野议论，震动孝宗。后朱熹改官，岳霖任提点刑狱，释放严蕊，问其归宿。严蕊作这首《卜算子》言志。

全词大意：不是我生性爱好风尘，只是因为前世的错误才沦落为妓。花开花落都是有时间的，这时间是掌握在司春之神的手里。离开总是要离开的，年老色衰又如何在军营里生存。如果能将山中野花插在鬓角自由地生活就好了啊，不要问我的归处在哪里。

古往今来，若非逼不得已，哪个女子会愿意去做营妓呢？虽是无辜入狱，但风尘女子的身份却是真的，是为人所不耻的，"不是爱风尘，似被前身误"一句不仅有为自己辩白之意，也有自怜自伤，自怨自艾。自古就有以花喻女子的传统，此词便是借"花落花开自有时，总赖东君主"来写自己像花一样无论盛开还是凋落都身不由己的无奈，突出自己位卑人微无法掌控命运的悲哀。"去也终须去，住也如何住"，表达了词人渴望离开风尘苦海的愿望。如果有朝一日能将山中野花插在鬓角，过自由自在的乡野生活，就是词人的所求了，"山花插满头"是词人对简单自由生活的渴望，而"若得"二字则多了些奢求的意味，令人怜惜。

因为是在向长官陈述衷曲，所以此词的表情达意是委婉含蓄的，但词人的态度也是不卑不亢的，她婉转明确地表达了自己的意愿，最后也算得偿所愿，被判从良。此词不仅仅是一个风尘女子的自述，而应当是封建社会中无数风尘女子的共同心声。

唐多令

刘　过

安远楼小集，侑觞歌板之姬黄其姓者，乞词于龙洲道人，为赋此《唐多令》。同柳阜之、刘去非、石民瞻、周嘉仲、陈孟参、孟容。时八月五日也。

芦叶满汀洲，寒沙带浅流。二十年重过南楼。柳下系船犹未稳，能几日，又中秋。

黄鹤断矶头，故人今在否？旧江山浑是新愁。欲买桂花同载酒，终不似，少年游。

刘过（1154—1206），字改之，号龙洲道人。吉州太和（今江西泰和县）人。南宋豪放派词人，词风学习辛弃疾，为"辛派"重要词人。此词是一首重游故地时的怀旧之作。二十年前与诸朋友在此楼相聚，二十年后重游此地，楼在人去，感慨今昔，因此写了这首词。

全词大意：芦苇的枯叶落满沙洲，浅浅的水在寒冷的沙滩上流淌。二十年过去了，我再一次来到南楼。柳树下的小舟尚未系稳，过不了几天，就是中秋。破烂不堪的黄鹤矶头，我的老朋友现在在哪里？江山依旧却添了新愁。想要买着桂花带着酒去泛舟游船，终究和年少时代游船的感觉不一样了。

芦苇枯落，沙滩浅流，一种萧瑟之感扑面而来。时隔二十年故地重游，心中自是无限感慨。"柳下系船犹未稳"一句与前文"过"字相呼应，说明了作者此行匆忙，时间不多。中秋本是团圆的节日，但"又中秋"中一个"又"字却让人感受到了时间的飞逝，使本就凄凉萧肃的氛围更为低沉。下阕对物是人非的感叹，江山如故，"故人今在否？"二十年过去了，有多少沧桑变化，故人早已四散天涯，怀念之情很是感人。"旧江山浑是新愁"一句看似平淡，却饱含深情，深化了此诗的主旨。昔年年少意气风发，而今青春不再，江湖漂泊，就算有和曾经一样的桂花、美酒，心境也回不到过去了。"欲买桂花同载酒，终不似，少年游"一句中有多少辛酸无奈，怕是连作者自己也说不清楚。

全词言简意丰，情感深沉哀婉，被清人李佳在《左庵词话》中称为"小令中工品"，确是佳作。

虞美人·听雨

蒋　捷

少年听雨歌楼上，红烛昏罗帐。壮年听雨客舟中，江阔云低、断雁叫西风。

而今听雨僧庐下，鬓已星星也。悲欢离合总无情，一任阶前点滴到天明。

蒋捷（约1245—约1305），字胜欲，号竹山，南宋词人。阳羡（今江苏宜兴）人。宋亡后隐居不仕，其词多表现故国之思、人生感慨。词风清逸沉挚，有《竹山词》传世。此词题为听雨，实则听的是人生。作者按时间顺序，以"听雨"为线索，写了一生的遭遇，可谓匠心独运。

全词大意：少年的时候在歌楼上听雨，罗帐中红烛发出昏暗的光芒。壮年的时候在他乡的小船上听雨，茫茫江面上白云低垂，失群的孤雁在西风中哀鸣。现在在僧庐下听雨，我已经是两鬓斑白了。人世间的悲欢离合总是无情的，还是让阶前滴滴答答的小雨下到天亮吧。

这首词通过描写少年、壮年、晚年三个阶段在不同情景下听雨时的不同的感受，表现了一生心境的变化。"少年不识愁滋味"，少年的时候在歌楼里听雨，红烛罗帐，纵情欢乐；壮年的时候听雨，已经经历过了一些人世间的漂泊孤苦，水天一线，风急云低，失群的孤雁正是作者形象的寄托，羁旅之愁溢于言表；如今年老在僧庐下听雨，已经看透了这世间的悲欢离合，无喜亦无悲。清代许昂霄在《词综偶评》中评此词说："'悲欢离合总无情'，此种襟怀，固不易到，然亦不愿到也。"谁想经历这世间的悲欢离合，谁稀罕看透它呢？如果可以，谁不希望时光永远停留在年少欢乐时呢？可惜，从来没有如果。

元曲

篇

【双调】沉醉东风·渔夫

白　朴

　　黄芦岸白蘋渡口，绿杨堤红蓼滩头。虽无刎颈交，却有忘机友。点秋江白鹭沙鸥。傲杀人间万户侯，不识字烟波钓叟。

白朴（1226—约1306），字太素，号兰谷。元代著名文学家，与关汉卿、马致远、郑光祖并称"元曲四大家"。早年曾随元好问避乱北方，入元之后虽经举荐但不愿出仕，终日与朋友寄情诗酒，放浪江湖。其杂剧与散曲均清丽婉约，为人称道。

全曲大意：那渡口旁长满黄色的芦苇与白色的蘋花，滩头也遍布着绿杨与红蓼。这里虽然没有刎颈之交，却有忘却人间机巧心的朋友。那不识字的渔翁闲适地看着那江上白鹭与沙鸥的日子，实在好过那权势炫天的万户侯啊。

似乎从《楚辞·渔父》之后，渔夫这一形象就成为了淡泊名利、与世无争、归隐江湖的象征。"黄芦岸白蘋渡口，绿柳堤红蓼滩头"两句使用了"黄""白""绿""红"四种鲜明的颜色，勾勒出一幅清丽的秋江图。在这风景秀丽的江上，有一个渔夫，他虽然没有生死之交，但却有着与世无争、淡泊名利的忘机友。这忘机友是谁呢？正是白鹭与沙鸥啊。古代诗人往往用鸥鹭代表"忘机""归隐"。如李白《赠王判官时余归隐居庐山屏风叠》"明朝拂衣去，永与海鸥群"，黄庚《渔隐》"不羡鱼虾利，惟寻鸥鹭盟"等皆是借鸥鹭来写淡泊宁静的归隐之心。"傲杀人间万户侯，不识字烟波钓叟"，渔夫终于正式登场，这种写法有种"未见其人先闻其声"的感觉。在胡祗遹《双调·沉醉东风》（月底花间壶酒）中也有一个超凡脱俗的渔夫形象，两首曲子明显的不同之处在于，此曲中的渔夫是个"不识字烟波钓叟"，而胡曲中则说"是个识字的渔夫"。不论识字与否，渔夫这种去留无意、宠辱不惊的超然物外的恬淡自由心境，都是极令人羡慕佩服的。

【中吕】山坡羊·叹世 _(节选)

陈草庵

　　晨鸡初叫，昏鸦争噪，那个不去红尘闹。路遥遥，水迢迢，功名尽在长安道，今日少年明日老。山，依旧好；人，憔悴了。

陈草庵（1245—约1330），名英，字彦卿，号草庵。大都（今北京市）人，生平事迹不详，元代散曲作家。这首曲子讽刺了世人追名逐利，到头来却是空留憔悴的现象，让人警醒。

全曲大意：清晨时分鸡就在那儿叫，到了黄昏还有乌鸦在聒噪。世间又有何人不去那红尘处寻人生的热闹呢？尽管山长水远，可都向往着那京师的功名。只可惜，在这条名利路上，一代代的少年在不断老去。唯有那青山依然如初，人们早已憔悴。

"晨鸡初叫，昏鸦争噪"，公鸡一到天明就争着报晓，乌鸦一到黄昏就聒噪着回巢，万物有时，世间万物莫不如此，人类不也一样吗？天亮了出发，黄昏了归家，奔波劳碌，在红尘中奔忙追逐。"天下熙熙，皆为利来；天下攘攘，皆为利往"，奔波在红尘道上的人哪个不是为了名、为了利？"路遥遥，水迢迢"，为了求取功名，什么艰难险阻都不在乎了。"今日少年明日老"，半生苦读，一心入仕，转眼已是霜染华发红颜老。为了那虚妄的一纸功名，蹉跎了岁月，枯萎了年华，终究是不得志的多，得志的少，读书人的辛酸苦楚谁知道？江山如故，风景依旧，可是人却敌不过时间，无可奈何地憔悴了。在永恒的时光面前，人是多么的渺小啊！为了那些盲目虚无的追求而付出一生，何其可悲。

【南吕】 四块玉·闲适 (节选)

关汉卿

意马收，心猿锁，跳出红尘恶风波，槐荫午梦谁惊破？离了利名场，钻入安乐窝，闲快活。

关汉卿，号已斋，又作一斋。大都（今北京市）人。《录鬼簿》称其为"太医院尹"。关汉卿是元代最重要的杂剧作家，被尊为"元曲四大家"之首，他一生共创作剧本六十六种，现存十八种，大多是经典之作。小令五十七首，套曲十三套。

全曲大意：快快收起那心猿意马，跳出那人间是非窝，如此，在槐树荫下做着美梦就再也无人能惊破。离开那名利场，开始去寻求人间安乐，又是何等快活！

这首曲子表达了作者跳出风波、远离名利场的意愿。"意马收，心猿锁"，写出了作者在强行按捺下心中的欲望、愁苦和不平，从中我们也可以感受到作者内心的矛盾和苦闷，这种潜藏的痛苦似乎已经难以压抑，却又不得不压抑着，言语之间愤懑不平几乎无法隐藏。"跳出红尘恶风波，槐荫午梦谁惊破"，梦中的功名富贵尚且难以长久，更何况在现实中？显达难求，不如尽早远离是非名利，"钻入安乐窝，闲快活"。一个"闲"字中，既有酸楚，又有痛苦矛盾。

此曲在对"闲适"的歌咏中，处处涌动着讥讽、痛苦、愤懑和不平之感。关汉卿一生"沉郁下僚，志不得伸"，所谓"闲快活"，不过是在自我安慰罢了。"穷则独善其身，达则兼济天下"，或许对于无法显达的关汉卿来说，选择独善，选择"闲适"，是他最好的归宿。

【南吕】一枝花·不伏老（节选）

关汉卿

　　我是个蒸不烂、煮不熟、捶不匾、炒不爆、响珰珰一粒铜豌豆，恁子弟每谁教你钻入他锄不断、斫不下、解不开、顿不脱、慢腾腾千层锦套头？我玩的是梁园月，饮的是东京酒，赏的是洛阳花，攀的是章台柳。我也会围棋、会蹴鞠、会打围、会插科、会歌舞、会吹弹、会咽作、会吟诗、会双陆。你便是落了我牙、歪了我嘴、瘸了我腿、折了我手，天赐与我这几般儿歹症候，尚兀自不肯休！则除是阎王亲自唤，神鬼自来勾。三魂归地府，七魄丧冥幽。天哪！那其间才不向烟花路儿上走。

《南吕·一枝花·不伏老》是关汉卿散曲中最重要的作品，也是整个元散曲中的名篇。在元代，读书人的地位极为低下，有"八娼九儒十丐"之说，他们中的大多数被迫沉沦于勾栏妓院之中，成为以笔墨糊口的书会才人。然而在这套散曲中，关汉卿不仅不以浪子为耻，反而是纵情地自夸自赞，以"浪子风流""普天下郎君领袖，盖世界浪子班头""占排场风月功名首"而自豪，表现了其不甘屈辱的骨气和自尊自强的精神。

全曲大意：我是一粒怎么也改变不了的铜豌豆，那些风流浪子们，谁让你们钻进他那凶险万端的千层圈套中呢？我赏玩的是梁园的月亮，畅饮的是东京的美酒，观赏的是洛阳的牡丹，与我做伴的是最美的妓女。围棋、踢球、狩猎、插科打诨、唱歌跳舞、吹拉弹奏、吟诗作对、赌博，诸般技艺，没有我不会的。即便是打落了我的牙，打歪了我的嘴，打瘸了我的腿，打断了我的手，这些习惯我也断不悔改。除非是我死，否则，我不可能不往那妓院中混。

这里选取的是尾曲部分，也就是整套曲子的高潮部分。在此部分中，作者将此前淡淡的愁苦一甩而尽，将豪情雄心和自强自得推到了顶点。"我是个蒸不烂、煮不熟、捶不匾、炒不爆、响珰珰一粒铜豌豆"一句，铿锵有力，掷地有声，表明了自己的决心，可以称得上是豪气冲天了。而"你便是落了我牙、歪了我嘴、瘸了我腿、折了我手，天赐与我这几般儿歹症候，尚兀自不肯休！则除是阎王亲自唤，神鬼自来勾。三魂归地府，七魄丧冥幽。天哪！那其间才不向烟花路儿上走"一段则颇有种屈原《离骚》中"虽九死其犹未悔""虽体解吾犹未变兮，岂余心之可惩"的意味。

此曲或可看作关汉卿这个人精气神儿的概括总结，其间蕴含的情感则是关汉卿一生心路历程的缩影。此曲最具特色的地方就在于口语和衬字的运用，口语和衬字的运用使曲子多了人情味，却又不显庸俗，可谓妙矣。

【黄钟】人月圆·自从谢病修（节选）

刘　因

　　茫茫大块洪炉里，何物不寒灰？古今多少，荒烟废垒，老树遗台。

　　太行如砺，黄河如带，等是尘埃。不须更叹，花开花落，春去春来。

刘因（1249—1293），元代著名理学家、文学家，字梦吉，号静修。雄州容城（今河北容城县）人。此曲由荒台景观，兴起世事沧桑的感慨，融入作者对宇宙与人世的无穷思考。

　　全曲大意：造化无情，人间万事犹如洪炉中物，有什么最终不化作寒灰？古往今来，有多少沧海桑田？只需看野烟萦绕着废弃的军营，古台遗址上的树木已然参差茂密。不管是像磨刀石样的太行山，还是如长带一般的黄河，在无情的时间前，都必归于尘埃。既然如此，我们也不必悲叹，就去看看花儿开了又落，春天去了又来吧。

　　此曲开头便气魄非凡，纵笔写宇宙间的大气象。古人早就将天地比作洪炉，如贾谊说过"天地为炉兮，造化为工；阴阳为炭兮，万物为铜"。此处则在前人有习见说法中加上以对炉中物的思考，认为在无情的自然规律面前没有什么不灰飞烟灭。接下来三句便是明显的例证。堡垒和高台，曾经都是人来人往，热闹非凡之地，而现在只剩下老树荒烟，一片荒凉。作者使用的"古今多少"，言这样的衰亡数不胜数，短语中蕴含着莫大的世事感喟。然而，无论是"垒"还是"台"，都是人力所为，如果话仅于此，那不过是说明人在历史面前的渺小，这一点古今诗人都说过无数遍，已毫不为奇。作者作为理学家，其阔大的视野与严密的思维，在说完人迹后，又转笔写太行、黄河这样雄伟壮阔的自然景观。不同于前人多感叹物是人非的老调，此曲认为在残酷的时间面前，就是如此山河也终有一天等同于尘埃，比起所谓的"沧海桑田"又更进一层。最后，在参透天地人事终将走向消逝的规律后，作者的情感并没有走向消沉，反倒劝世人要以乐观豁达的心态静看自然界的变迁，其中也隐含着笑对人世沉浮的意味。这是看破后的大解脱。此曲虽小，却层层推进，逻辑紧密，其中更有波澜起伏，令人赞叹不已。

【越调】天净沙·秋思

马致远

　　枯藤老树昏鸦，小桥流水人家，古道西风瘦马。夕阳西下，断肠人在天涯。

马致远（约1251—约1321），号东篱，大都（今北京市）人，元代著名文学家，"元曲四大家"之一，杂剧和散曲皆负盛名。明代朱权论曲时将其列为"古今群英"的第一位。这首"秋思"虽然只有短短五句，却被周德清在《中原音韵》中誉为"秋思之祖"，其艺术魅力不可小觑。

全曲大意：黄昏时分，只见那枯藤缠着老树，上面栖着乌鸦。河上有一架小桥，旁边都是一排排的人家。我迎着西风，骑着一匹老马，走在这漫漫古道上。这时，夕阳正缓缓西沉，我这个伤心人正滞留在天涯。

"枯藤老树昏鸦"一开篇便有一种肃杀凄凉的感觉扑面而来，枯萎的藤蔓，苍瘦的老树，垂垂老矣的乌鸦，俨然是一幅没有生机的景象。而这幅景象落在赶路的旅人眼里，无疑加重了羁旅行役的漂泊感。转眼看见小桥下潺潺的流水和桥边的人家是如此的宁静祥和，每个人的家都是美丽舒适的啊，这不由得让他想起了自己的故乡。只可惜世事无常，古道上，西风正紧，一个疲惫的旅人和一匹瘦骨嶙峋的马结伴蹒跚在路上，好不悲凉。不知所始，怎知所终？夕阳西下，天涯茫茫，留下的只有一个孤独的背影。

此曲情景相融，意境天成，王国维赞其曰："寥寥数语，深得唐人绝句妙境。有元一代词家，皆不能办此也。"

【双调】沽美酒兼太平令·叹世

张养浩

在官时只说闲，得闲也又思官。直到教人做样看。从前的试观，哪一个不遇灾难？楚大夫行吟泽畔，伍将军血污衣冠，乌江岸消磨了好汉，咸阳市干休了丞相。这几个百般，要安，不安，怎如俺五柳庄逍遥散诞？

张养浩（1270—1329），字希孟，号云庄，济南人。元代著名散曲家。少年知名，晚年辞官归隐，目睹人民的苦难，写了一些揭露社会黑暗、同情民生疾苦的作品，格调较高。

全曲大意：当官的时候只想着闲居，闲居的时候又想着当官，直到故作镇静做个样子给别人看。看看以前，哪一个做官的不遭灾难：楚大夫屈原被放逐行吟在泽畔，伍子胥被害血污了衣冠，楚霸王项羽自刎在乌江边，秦丞相李斯在咸阳被斩。这些人都千方百计要保平安，但是都不平安。怎么比得上我的隐居生活那么逍遥舒坦。

此曲开头两句，作者就真实地写出了辞官前的心理矛盾：想"无官一身轻"，过隐居生活；待到真过上闲适生活时，想到自己寒窗十载，却壮志未酬，实不甘心，故而进退维谷。这其实是中国古代文人的普遍心态，作者能以浅白的语言而概括如此深刻的心理，可见其语言功力。之后通过举例之前的做官者，屈原、伍子胥、项羽、李斯，都对国家大有作为，都在这世间奋力追逐功名，但是最后结局都惨不忍睹。经过一系列的思考，他毅然选择了辞官归隐。这首词运用抒情和议论的手法，以史为鉴，洋洋洒洒，一气呵成，通透流畅，表达了词人厌恶官场，决心归隐的坚定。

【仙吕】寄生草·酒色财气（其一）

范　康

　　常醉后方何碍，不醉时有甚思。糟腌两个功名字，醅淹千古兴亡事，曲埋万丈虹霓志。不达时皆笑屈原非，但知音尽说陶潜是。

范康，字子安，杭州人。元曲著名作家，杂剧与散曲俱佳，编有《杜子美游曲江》《竹叶舟》。《太和正音谱》评其曲风为"竹里鸣泉"。范康曾写"酒色财气"四曲来谈其人生感受，这里所选为第一曲谈酒者。

全曲大意：醉了之后还是没有妨碍，不醉的时候又有什么意思。就让酒糟腌了功名这两个字，粗酒淹没千古兴废事，酒曲里埋没万丈凌云壮志。不够通达的人尽嘲笑屈原万事尽非，知音之士都说陶潜做得对。

作者以"醉"字开篇，沉迷于喝酒，渲染一种消极厌世的情绪，第二句更加突出了作者的对社会极其不满的消极反抗，用"糟腌""醅淹""曲埋"等词把"功名""兴亡""虹霓志"都给予了否定，是整首词的点睛之笔，也是情感发挥的高潮。他宁愿沉迷于酒里，也不愿意生存在这个肮脏的社会，追逐一身的铜臭味。长醉不妨于人生，不醉反而无所适从；功名事业、历史兴亡，以及个人的雄心壮志，统统为酒所掩埋销蚀。最后用典，举例陶渊明和屈原，升华了文章主题，表现了愤世嫉俗的强烈情感。

【中吕】山坡羊·自叹

曾　瑞

南山空灿，白石空烂，星移物换愁无限。隔重关，困尘寰，几番肩锁空长叹。百事不成羞又赧。闲，一梦残。干，两鬓斑。

曾瑞，生卒年不详，字瑞卿，自号褐夫。大兴（今属北京）人。因喜江浙风物而移家南方。元曲著名作家，著有《王月英元夜留鞋记》《诗酒余音》等。《太和正音谱》评曰："其词势非笔舌可能拟，真词林之英杰。"

全曲大意：南山空自灿烂夺目，白石柱自洁净耀眼。岁月变迁，还有无限的穷愁出现。隔着重重关卡，因居万丈红尘，多少次皱着眉头长叹，一事无成，也真让人羞惭。若要闲着，梦想难成；若图奋进，恐到两鬓斑斑。

此词突出地反映其年华逝去而功业无成的焦虑感。前两句化用自春秋时齐国名士宁戚的《饭牛歌》，其辞曰："南山矸，白石烂，生不逢尧与舜禅。短布单衣适至骭，从昏饭牛薄夜半。长夜漫漫何时旦！"相传齐桓公听到后，认为宁戚是奇才，立即重用。此曲多加一个"空"字，即表明其虽有宁戚那样的才华与壮志，但没有齐桓公那样的明君来赏识。两相对比，其悲愁更浓，足堪称"愁无限"。"隔重关"言其僻处一隅，无由呈表志向；"困尘寰"，直表其当时身处下层，为琐事所扰，无法施展抱负的困境。因此有了下文的"长叹"与"羞赧"，直剖心曲，毫无矫饰。最后将其当时两难的心境直白地呈露出来，既不甘心在家虚度年华，又恐出仕会垂老无成。其之所以有如此矛盾心理，有明显的时代背景，元代轻视知识分子，士人出仕多不能大展宏图，故作者有此感叹。此曲以"叹"字贯穿始终，简洁明白，却蕴含着深沉的人生感慨与时代况味。

【正宫】绿幺遍·自述

乔 吉

不占龙头选，不入名贤传。时时酒圣，处处诗禅。烟霞状元，江湖醉仙，笑谈便是编修院。留连，批风抹月四十年。

乔吉（约1280—约1345），字梦符，太原（今山西太原）人。一作乔吉甫，号笙鹤翁，又号惺惺道人。钟嗣成《录鬼簿》谓其"美容仪，能辞章，以威严自饬，人敬畏之"。他在杂剧和散曲方面都有较高艺术造诣。

全曲大意：不去考功名中状元，也不名列那名人传记。随时随地，我都可饮酒参禅。我要去那烟霞地做状元，去江湖中做神仙，随意谈笑，这也有翰林院中的荣光。在风花雪月的日子里流连四十年。

这首曲子中，作者以潇洒的笔墨，寥寥数语便刻画了自己的一生：不争头名状元，不求留名青史，时时饮酒作乐，常常以诗谈禅，是游山玩水的头名、泛舟游湖的醉仙。乔吉生于北国而客居江南，四十年江湖飘零，一直不得志，终生未仕。这首曲子看似旷达乐观，实则暗含怀才不遇的苦闷、无奈。细想可知，若真是对金榜题名毫不在乎，他又何苦暗暗地抓着"龙头选""烟霞状元"不放？只不过是仕途艰难、功业难成，不得不退而求其次罢了。虽然在作者的心灵深处有着对功名的渴望，但是，他不仅没有因为时运不济而消沉，反而是力求旷达，在生活中寻找乐趣，是很值得我们学习的。

【南吕】玉交枝·失题

乔 吉

溪山一派，接松径寒云绿苔。萧萧五柳疏篱寨，撒金钱菊正开。先生拂袖归去来，将军战马今何在？急跳出风波大海，作个烟霞逸客。翠竹斋，薜荔阶，强似五侯宅。这一条青穗绦，傲煞你黄金带。再不著父母忧，再不还儿孙债，险也啊拜将台！

与上首一样，此曲表达了鄙视功名富贵，向往自由境界的人生理想，而展露得更为充分与深切，也显示出作者的思考更为成熟。

全曲大意：这一脉山水，遥接着那松下小路、白云与绿苔。那边的疏篱人家，也栽着五棵柳树，金色的菊花开得正盛。五柳先生已经辞官归来，那征战的将军今日又在何处呢？快点儿跳出人间的世情风波，不如去做个世外闲人。门前种满翠竹与薜荔，总胜过那侯爵门第的景致。从此再也不会让父母忧心，也不用去为儿孙还债。再看看那表面荣耀的拜将台，其实是多么的凶险啊！

"溪山一派，接松径寒云绿苔"，这首曲子一开头便营造了一种冷清幽深的氛围，山水之间，松青云白苔绿。绿荫深处，有柳树摇曳，竹篱稀疏，菊花盛开灿若黄金。此情此景，给人一种熟悉的感觉，细想一下，"五柳""金菊"，这不正像是昔年陶渊明先生的隐居之地吗？果不其然，接着作者便表示了对陶渊明辞官隐居的赞赏。"急跳出风波大海，作个烟霞逸客"，不如尽早离开尘世欲望的大海，做个潇洒自在的烟霞居士，你看那昔日显赫威风的将军们，如今又在哪里呢？"这一条青穗绦，傲煞你黄金带"，平民百姓虽然无权无势，却可以平安地度过一生，权势富贵固然诱人，但追求它的路上却是艰险重重、杀机四伏，所以平民"傲煞"权贵之语值得人深省。

这首曲子写了隐居的美妙以及官场的险恶，表达了作者对权势的蔑视之情。钟嗣成曾为乔吉作吊词云："平生湖海少知音，几曲宫商大用心。百年光景还争甚？空赢得，雪鬓侵，跨仙禽，路绕云深。"此语用在这首曲子上也是很合适的。

【中吕】山坡羊·述怀

薛昂夫

大江东去，长安西去，为功名走遍天涯路。厌舟车，喜琴书，早星星鬓影瓜田暮。心待足时名便足。高，高处苦。低，低处苦。

薛昂夫，回鹘（今维吾尔族）人。汉姓马，字昂夫，号九皋，故亦称马昂夫、马九皋。历官江西行中书省令史、金典瑞院事、太平路总管、衢州路总管等。善篆书，有诗名。散曲风格以豪放为主。《南曲九官正始序》称其"词句潇洒，自命千古一人，深忧斯道不传，乃广求继已业者。至祷祀天地，遍历百郡，卒不可得"。《太和正音谱》评其词"如雪窗翠竹"。

全曲大意：江水东流入海，向西去是长安，为了功名走遍了大江南北。厌恶了舟船车马的旅途，喜欢抚琴读书，我的鬓发花白就像种瓜的邵平到了暮年。心里满足了功名也就满足了：身居高位，有身居高位的苦处；身处低位，有身处低位的苦处。

薛昂夫的一生，为了仕途功名，东西南北漂泊，足迹遍及今江西、浙江、湖南、广西等地，他说自己"厌舟车，喜琴书"，以羁旅为苦，以琴书为乐，当是肺腑之言。陶渊明《归去来兮辞》中有"乐琴书以消忧"之语，作者此处化用，并结合下文，表达自己虽有归隐之心，但是可惜蹉跎了半生，已经鬓发花白，归隐已迟，对自己未能早早摆脱名利束缚而悔恨不已。"高，高处苦。低，低处苦"，既然高低皆苦，人生又该何去何从呢？"心待足时名便足"，给世人以忠告：心里满足就足够了，功名都是身外物，不要为功名所困。此作情感真挚，直抒胸臆，坦荡豪放，十分耐人寻味。

【双调】殿前欢·客中

张可久

　　望长安，前程渺渺鬓斑斑。南来北往随征雁，行路艰难。青泥小剑关，红叶溢江岸，白草连云栈。功名半纸，风雪千山。

张可久（约1270—约1350），字小山，浙江庆元（今宁波市）人，晚年隐居在杭州一带。他是元代最重要的散曲作家之一，与乔吉并称"双璧"，与张养浩合称"二张"。张可久现存散曲数量为元人之冠，现存小令八百余首，套数九套。其散曲集有《小山乐府》等。张可久是元曲"清丽派"的代表作家，朱权《太和正音谱》将之誉为"词林之宗匠"，评其曲"如瑶天笙鹤"。

全曲大意：遥望京师长安，前程如遥远的长安一般迷茫，但自己早已两鬓斑白。我追随着南来北往的征雁，经历过无数的险难困苦。那青泥岭泥泞坎坷难行，那剑门关巍峨，地势凶险；那浔阳江口的枫叶又红了一年，那高耸入云的栈道旁白草弥望。为博得个半纸功名，不料此生已穿越风雪千山。

开头两句，一个"望"字暗含作者期待被朝廷重用而未能得偿所愿，前程渺渺和鬓发斑斑直贯全文，写作者作客他乡，孤独一人，在为前程虚渺担忧的同时，也回忆自己半生蹉跎、鬓发白苍，却功未成名亦未就的过往，既点明了滞留"客中"的原因，也充分表明作者的哀愁和失望。第三、四句中作者发问，南来北往的征雁啊，你们忙碌辛劳到底是为了什么？又联想到自身情况，作者不由发出"行路艰难"的长叹，曲句虽平淡却一语道出自己人世多少辛酸，令人动容。作者按说已到了致仕归家之年，但为了生活不得不继续奔波于艰难的路途中，和征雁一道"南来北往"。一个"随"字则暗示作者仕途不顺、身不由己的伤感。接下来的三句，概述奔波仕途的艰苦，明明知道功名都是虚幻，明明知道功绩都是不可求，却还是要四处奔波，苦苦追寻，字里行间透露一种无法挣脱的宿命感与无法把握的人生悲哀无奈。把自身走南闯北颠沛流离的经历用三个对仗工整的短句排比而出，且用熟知的天险比喻，形象生动，点明了人生旅途的艰险以及作者南北漂泊之苦。最后两句将功名的渺小与仕途的奔波做对比，道尽了当时无数知识分子人生坎坷的悲剧。尽管他们知道所追逐的功名无足轻重，却又摆脱不了名利的羁绊，更不由流露出了对功名富贵的鄙薄以及历经人世沧桑的酸楚。整首散曲首尾呼应，强调突出了作者的酸楚沉郁、无可奈何，极具艺术感染力，极有画面感。

【双调】水仙子·夜雨

徐再思

一声梧叶一声秋，一点芭蕉一点愁，三更归梦三更后。落灯花棋未收，叹新丰孤馆人留。枕上十年事，江南二老忧，都到心头。

徐再思，字德可，浙江嘉兴人，为元代后期著名散曲作家。因"好食甘饴，故号甜斋"。《录鬼簿》中说他做过"嘉兴路吏"，且"为人聪敏秀丽""交游高上文章士"。朱权《太和正音谱》评其文辞"如桂林秋月"。

全曲大意：梧桐叶落下预示着秋天的到来，雨打在芭蕉上的声音更使人增添了一份愁闷，夜半三更梦见回到了故乡，醒来时已经是三更过后。灯花垂落，残棋也没收拾，可叹我孤单地留在新丰的旅馆里。枕边十年的经历，远在江南的双亲，都浮上心头。

在中国古代的文学作品中，梧桐叶、夜雨、芭蕉总是和离愁别绪联系在一起，如温庭筠《更漏子》"梧桐树，三更雨，不道离情正苦，一叶叶，一声声，空阶滴到明"，李清照《声声慢》"梧桐更兼细雨，到黄昏，点点滴滴。这次第，怎一个愁字了得"，李商隐《代赠》"芭蕉不展丁香结，同向春风各自愁"等。"一声梧叶一声秋，一点芭蕉一点愁"，此一开篇即营造了寂寞凄清的氛围。"三更归梦三更后"则点明了诗人夜不能寐、愁肠百结的心情。起头这三句更是被王世贞评为"情中紧语也"。"叹新丰孤馆人留"，《新唐书·马周传》记载马周未发迹时，曾旅居新丰，备受客家冷遇。作者此处引用意在表达自己羁旅客愁、郁郁不得志的情怀。清人褚人获在《坚瓠集·丁集》中说徐再思"旅寄江湖，十年不归"，而作者本人也在《双调·蟾宫曲》中写道："十年不到湖山，齐楚秦燕，皓首苍颜。"可知作者的生活确实是仕途奔波，漂泊孤苦。最后三句将孤寂、怨恨、自责、思乡等心绪归结一处，而"都到心头"一句凝结了诗人心中的无限感慨与思绪，道出了深秋夜雨时心头愁苦的具体内容，也令人回味无穷。此处诗人巧妙地运用了侧面落笔的手法，不写自己如何思念故乡，思念亲人，而以年迈双亲的忧思烘托出更加浓烈的亲情，更显诗人心中对家乡的思念、对父母的担忧以及自己独自一人漂泊在外的寂寞凄苦痛楚。此首小令写旅人的离愁别绪，情景交融，言短意长，感人肺腑。而对几个相同数词和量词的连用，不仅表现了忐忑难安的心情，而且使音调错落有致，很有美感。

【仙吕】寄生草·感叹

查德卿

姜太公贱卖了磻溪岸，韩元帅命博得拜将坛。羡傅说守定岩前版，叹灵辄吃了桑间饭，劝豫让吐出喉中炭。如今凌烟阁一层一个鬼门关，长安道一步一个连云栈。

查德卿，生平不详，其曲在《太平乐府》中选录甚多。这首小令为咏史之作，通过五位历史名人，揭露官场险恶，否定追求虚名的行为，意在以古鉴今。

全曲大意：姜太公以渔钓生涯换来建功立业，也未免太不值。韩信虽说能筑坛拜将，却也以付出生命为代价。我羡慕傅说能坚守筑墙的日子，我感叹灵辄在桑间挨饿时吃赵盾的饭，我要劝豫让吐出喉间的黑炭。如今通往象征着高官厚禄的凌烟阁布满了鬼门关，那长安道上也到处是艰险。

作者所列举的五位曾备受赞扬的古人分别是：姜尚、韩信、傅说、灵辄、豫让。但作者却纷纷提出了不同的意见，认为他们那些被后人歌颂的丰功伟绩，根本不值一提。姜太公为了功名利禄而放弃了自由自在的垂钓生活是不明智的。韩信辅佐刘邦，屡立战功，因功高震主而遭猜忌，最后被杀，用生命换来了一时的荣宠，是可悲的。傅说本来只是一位以泥墙版筑为生的奴隶，后来因被殷高宗武丁起用，成为了一代贤相，但作者却认为"守定岩前版"才是值得羡慕的。灵辄是春秋时期晋国侠士，为了报答赵宣子在他落魄之时的赠饭之恩，帮赵宣子躲过了追杀。灵辄因报恩的义举而出名，可作者认为，因为"吃了桑间饭"而使自己不得不逃亡是不理智的。豫让为了报答智伯的知遇之恩，给主公智伯报仇，不惜用漆涂身，吞炭使哑，最后事败自杀，虽然豫让留下了"士为知己者死，女为悦己者容"的历史典故，但作者用一个"劝"字便表明了自己对豫让行为的不赞同。入驻"凌烟阁"是作为臣子希望得到的一个很高的荣誉，但其更像是"鬼门关""连云栈"。全曲即为作者对前代说法的翻案，其意蕴不在于作者要故弄新巧，而是充满了对险恶的官场环境的深沉感慨。正是元朝黑暗的社会现实，让大多数的文人选择了远离官场的道路，向往着山水田园的隐逸生活。由此，也开始对历史上为人称道的君臣遇合的故事产生质疑，这首曲即是突出的代表。

【中吕】朝天子·志感 (其一)

无名氏

不读书有权，不识字有钱，不晓事倒有人夸荐。老天只恁忒心偏，贤和愚无分辨。折挫英雄，消磨良善，越聪明越运蹇。志高如鲁连，德过如闵骞，依本分只落的人轻贱。

这首曲子作者不详，有可能是当时社会底层的普通文人。全曲针对当时社会上混淆黑白、不辨贤愚的黑暗现实，进行了辛辣的讽刺，表达了愤懑不平之情。

全曲大意：不读书的人却有着权力，不识字的人却拥有钱财，不明事理的人却有人推荐做官。老天爷也太过于偏心，从来都分不清贤能和愚笨。他只会让英雄受辱，让善良人受难，越聪明反而越加时运艰难。那志行高洁的鲁仲连，那品德过人的闵子骞，按照本分生活，反倒被人看轻看贱。

全曲开首列出三个有悖常理的事实，不禁引起读者的思考，为什么无才无德反而会有权有钱呢？三个问题如连珠一般抛出，正是作者内心激愤难按的表现。然而在当时，这种不公正合理的现象却是普遍存在的。是非颠倒、道德沦丧就是社会现实，而在这样的社会现实面前，个人的力量太过薄弱。作者在接下来也只得责怪老天偏心，谴责其只能摧折善人。这种控诉看似无力，却正蕴含着对现实深沉的绝望。随后引用的两个典故也不是无的放矢，鲁仲连是战国奇士，闵子骞是以德行著称的孔门圣哲，就连他们也被世人轻辱，则更可见当时的世道是如何的不公之至。最后的落足点在"本分"二字上，又讽刺着当时的社会是善恶颠倒、不守"本分"的社会。不禁令人思考，这样荒谬黑暗的社会现实，让人如何不愤懑、不心寒？这首曲子语言通俗质朴，对黑暗不合理的社会现象进行了猛烈的抨击，有着无尽的愤懑和嘲弄。在激愤的字句背后，潜藏着更深的社会思考，这也是元曲似浅实深的艺术魅力所在。

明清诗篇

客中除夕

袁　凯

今夕为何夕，他乡说故乡。
看人儿女大，为客岁年长。
戎马无休歇，关山正渺茫。
一杯柏叶酒，未敌泪千行。

袁凯，生卒年不详，字景文，号海叟，明初诗人。因以《白燕》一诗负盛名，世称"袁白燕"。松江华亭（今上海市松江区）人。洪武三年（1370）任监察御史，后因事为朱元璋所不满，伪装疯癫，得全身而退。这首诗作于元末明初的战乱之际，是一首羁旅诗，于除夕之夜挥笔泼墨于纸，书写心愁，抒发思念家乡与亲人的情感。

全诗大意：今天晚上是怎样的一个夜晚呢？只能在异地他乡讲述自己的故乡如何。眼看着别人的儿女渐渐长大，自己的客游生活却在一年年地增长。战乱连年不断，无休无歇，由于关山的阻隔，故乡归路渺茫。饮一杯除夕避邪的柏叶酒，也抵不住思亲眼泪万千行。

首联点题，开门见山地交代了诗人在除夕之夜不能与家人团聚，表现出诗人思念家乡思念故土思念亲人的思想感情。接下来更进一层描写作者的感受。"看人儿女大，为客岁年长"，这两句写出了诗人的亲身感受，过年家家都是合家团聚，而自己却有家不能回。颔联虽然写得平平常常，可仔细体味，通过强烈的对比，表现出深切的无奈，其中却包含着诗人那种言传不及意会的极大痛苦。颈联交代出造成游子不幸的根本原因，是因为元末时期的战争频繁，表达诗人的爱国情怀，诗人选择大家而放弃了守护小家，也表达出诗人的无奈之情，渴望归家却因为吃紧的战事无法归家，同时表达出诗人反对战争、渴望和平的愿望。最后将诗人的感情酝酿到极点，常言借酒浇愁，而酒也不可能消灭其愁绪，言有尽而意无穷。全诗语言自然质朴，浅白易懂，表现出很强的艺术感染力。

白　发

刘　基

白发应同春草茎，风吹一夜满头生。
欲收浮艳归根柢，故遣芳菲定老成。
碧瓦晓霜怜变灭，纸窗宵月妒分明。
据鞍上马非吾事，赖尔妆严意不轻。

刘基（1311—1375），字伯温，处州青田县（今浙江青田）人，故称刘青田，元末明初军事家、政治家、文学家。明朝开国元勋，后世将其与诸葛亮并举。洪武三年（1370）封诚意伯，故又称刘诚意。武宗正德九年追赠太师，谥号文成，后人称他刘文成、文成公。在文学上，刘基造诣极高，与宋濂、高启并称"明初诗文三大家"。

全诗大意：白发应该就像春天的草茎一样，大风吹了一夜就满头疯长。我想收起浮躁的心和眼前的浮华，回归生长的本源，故此我告别了美好的青春，安于已经暮年的现状。碧青色的瓦片和清晨的寒霜也为我头发颜色变化感到惋惜，深夜透过纸窗的烛光与明月洒下的清晖也悔恨我头发的黑白颜色分明。凭借马鞍上马征战已经不属于我做的事情了，幸亏我打扮得厉害，老人的神态没有显露多少。

首联运用了比喻的手法，把白发比作春天生长的草，生动形象突出地写出了白发生长之快，仿佛一夜风吹白发就疯长盖满了头，同时也运用了夸张的修辞手法，两句结合不难看出其意"白发一夜满头生"，其手法与"忽如一夜春风来，千树万树梨花开"有异曲同工之妙。颔联写文成公自己内心的想法，"欲"是想要的意思，"故"是因此的意思，两句结合看出递进的关系，想要摈弃浮华回归根本，就需要放弃青春安于老成。此联看出文成公的心境，不想如世人那样追求长生不老之法，只是希望安于现状回归根本。颈联意象极多且描写浓墨重彩，"碧瓦""晓霜""纸窗""宵月"都是几十年常见旧物，运用拟人的手法，将此众多物象都拟人化，物是人非。时光荏苒，瓦片还是那样碧青，早晨的清霜还是那样幽寒，纸窗、月亮都没有一点改变，原本是何颜色现在亦是何种颜色，只是他们都卑怜我的青丝却抵不住时光变成白发。看似物悲人，实则还是文成公自己悲怜自己，满腔伤感寄托于物罢了。尾联表明马上征战本来不属于"我"的事情了，只好化上浓妆整理好自己的装束，聊以自慰。看似故作乐观，实则蕴寓着深沉的悲哀。

夜中有感（其二）

高　启

倦仆厨中睡已安，
吹灯呼起冒霜寒。
酒醒无限悲歌意，
不觅书看觅剑看。

高启（1336—1374），字季迪，号槎轩，又号青丘子，江苏苏州人，元末明初著名的诗人。其诗才气纵横，潇洒飘逸，有李白之遗风。此诗展露出高启难以排遣的深切苦闷。

全诗大意：那个疲倦的仆人已经在厨房里熟睡，我冒着严寒起来将那扇孤灯吹灭。这时已经酒醒，心中藏有无限悲愤，不去找书排遣，而去看那宝剑，来寄托一缕愁思。

此诗短短二十八字，仅选取倦仆、吹灯、酒醒、觅剑等几处情景，便给人一种壮志难酬的凄凉之感。首联诗人便写到疲倦的仆人在厨房中安然地睡去。而与仆人相对的是诗人自己的夜不能寐。此时风从窗外灌进来，吹得烛光摇曳，并带进了一股寒气。而这寒气更是吹进了诗人心里。可谓是心寒尤胜天寒，终于，有苦不能说的诗人开始借酒消愁。本诗虽未直接描写喝酒时诗人的动作、心理。但经首、颔两联的衬托、渲染，我们不难想象。他也许大口大口地喝着酒，等到喝醉之后，他或仰天长啸，或喃喃自语，或掩面流泪，或放声大哭。终于，在所有被积压的痛苦都释放之后，在痛感被酒精麻醉之后，他沉沉地睡去了，好像暂时得到了平静，但是酒醒之后，无边的痛楚重新席卷而来。他跟跄地站起来，取下挂在墙壁上的宝剑，一遍遍擦拭，一遍遍感叹，大有辛弃疾"醉里挑灯看剑"之概。高启身处相对和平的明初年代，他为何不觅书看觅剑看呢？原来高启这个人为人孤高耿介，厌倦朝政，对朱元璋政权抱着很不信任的态度。其满腹抱负无从施展，唯有借看剑来表露内心难与人言的苦楚。

言　志

唐　寅

不炼金丹不坐禅，
不为商贾不耕田。
闲来写就青山卖，
不使人间造孽钱。

唐寅（1470—1524），字伯虎，后改字子畏，号六如居士。明代著名诗人、书画家。明孝宗弘治十一年（1498）考中解元，次年春天进京赶考，途中因参与泄题事件，被弘治皇帝革去功名。案情查实，被安排去浙江做一名小吏，唐寅表示"士也可杀，不能再辱"，断然拒绝后回家。然而却遭到了家人的白眼、辱骂，为此唐伯虎与兄弟分家，生计艰难。迫于无奈，唐寅只得出卖书画诗文来维持生计。在唐寅的后半生二十余年的时光里，虽然未成就功名，但却活出了人格的独立，此诗便是有感人生向世人言志之作。

全诗大意：我不像道士炼丹求人生不老，也不像和尚那样去坐禅悟道，我不去做商人经商，也不做农夫去耕田。空闲的时候且画山水去卖，不用某些人作孽得来的钱。

此诗直白地表达了唐寅对富贵的蔑视和放浪不羁的个性，风流才子果然不愧为风流才子，这首诗的语言虽像白话一样直白，但其表达情感却是酣畅淋漓，自成一般风流韵味。此诗表达了诗人的处世态度，即清清白白做人，踏踏实实谋生。不求长生不修佛，是诗人对享受现世欢乐的追求，而在"重农抑商"的政策下，商贾则是他不屑于去从事的，至于不耕田，则颇有孔子"吾不如老农""吾不如老圃"的感觉。四个"不"语气果断，读下来极为痛快。我们知道，唐寅玩世不恭而又才气横溢，与祝允明、文征明、徐祯卿并称"江南四大才子"，其画名更甚诗名。所以他在此诗中说"闲来写就青山卖"是完全可行的，然而让一个大才子去卖画为生也是很需要勇气的，所以唐寅能说出这样的话是非常值得敬佩的。"不使人间造孽钱"这一句显得尤为豪迈，表达了诗人正当谋生的志向，体现出了诗人的一身正气。正所谓"志士不饮盗泉之水，廉者不受嗟来之食"，与此句有异曲同工之妙。

桃花庵歌

唐　寅

桃花坞里桃花庵，桃花庵下桃花仙。
桃花仙人种桃树，又摘桃花卖酒钱。
酒醒只在花前坐，酒醉还来花下眠。
半醒半醉日复日，花落花开年复年。
但愿老死花酒间，不愿鞠躬车马前。
车尘马足富者趣，酒盏花枝贫者缘。
若将富贵比贫贱，一在平地一在天。
若将贫贱比车马，他得驱驰我得闲。
别人笑我太疯癫，我笑他人看不穿。
不见五陵豪杰墓，无花无酒锄作田。

唐寅在苏州桃花坞建居所，名为桃花庵，是其后半生隐居之地。以桃花为名，既寓寄情桃花的兴致，更借"桃""逃"谐音，委婉地表达了避世的决心。此诗即反复咏叹其弃绝俗世生活，鄙夷世间利禄的心怀。

全诗大意：桃花坞里有个桃花庵，桃花庵里有桃花仙人；桃花仙人种下了桃树，又摘了桃花去抵酒钱。酒醒之后坐在桃花前，喝醉之后在桃花下睡；半睡半醒间日子过去，年复一年花开花又落。希望死在赏花饮酒的过程中，不想在金钱权势前卑躬屈膝；车马奔波那是富贵人的乐趣，清贫的人要与酒和花结姻缘。如果要把富贵和贫贱做对比，那可真是一个地下一个天上；如果使清贫度日和车马劳顿相对比，他们得到奔波劳苦，我得到闲适安乐。世间的人都笑话我疯疯癫癫，可我却笑话他们的目光短浅。你难道看不见那五陵豪杰的坟墓么，无花无酒早已变成无人祭奠的田地。

唐寅这首《桃花庵歌》全篇虽充斥着"桃、花、酒、醉"等香艳字眼，却丝毫没有低级庸俗的感觉。要知道，作此诗时，唐寅已经经历过了出仕不利的尴尬，没有了"朝为田舍郎，暮登天子堂"的进取之意，已经是隐居的状态了，相信知道了这一点，关于诗中对富贵者和贫贱者的对比会有更好的理解。诗歌开篇六个"桃花"连用，有种戏剧幕布恰到好处、缓缓打开的感觉，若非是对桃花真心喜爱，怕是难以写出这样的句子，看来唐寅号"桃花庵主"是极为贴切的。全诗层次清晰，语言浅近，像一曲清雅婉约的民谣，恐怕也只有在放弃了功名利禄、经历过醉生梦死、顿悟过人生、开始追求与花酒做伴的隐居生活的状态下，才能用这样淡然的语句来抒发内心强烈的情感吧。此诗将诗人的超脱与释然表现得淋漓尽致，一句"别人笑我太疯癫，我笑他人看不穿"与《楚辞·渔父》中"举世皆浊我独清，众人皆醉我独醒"一句颇有异曲同工之妙，是的，真理总是很难被大多数人理解。此诗看似平淡的语言却给人以强烈的认同感，不愧为唐寅诗中的一大佳作。

秋日杂感

陈子龙

行吟坐啸独悲秋，海雾江云引暮愁。
不信有天常似醉，最怜无地可埋忧。
荒荒葵井多新鬼，寂寂瓜田识故侯。
见说五湖供饮马，沧浪何处着渔舟。

陈子龙（1608—1647），字人中，又字卧子，南直隶松江华亭（今上海市松江区）人。明末著名文学家。他的诗歌成就较高，诗风大多悲壮苍凉且充满民族气节，被公认为明代最后一个大诗人、"明诗殿军"，并对清代诗歌与诗学产生较大的影响。曾组织"几社"，明亡后抗清而死。作者写此诗时抗清已处于危急时刻，诗人的悲愤情感与爱国情怀在此诗中体现得最为充分。

全诗大意：无论是坐是行，是吟是啸，都能感受到严重的悲凉之气；满眼的海雾与江云都会引起我深切的愁绪。始终不相信上天会永远昏昏如醉，最可悲的是没有一块土地能消解我的忧愁。那片荒寂的田野沉埋多少魂魄，往昔的贵族此时只能过寂寥的瓜田生活。又听说有清军已攻至太湖，不知何处还可供我寄放一叶扁舟。

诗的前两句描写亡国后作者悲苦和沉重的心情。作者借秋来衬托自己内心的忧国之情。海雾江云，暮色茫茫，更引发了他的万千悲愤。接下来两句鲜明的对比展现其万般无奈的心境。"天醉"出自张衡的《西京赋》注"秦穆公梦朝天帝，帝醉，以鹑首之地赐秦"。时有谣云："天帝醉，秦暴金误殒石坠"，此诗以其喻时局混乱。"最怜"出于仲长统《述志》："寄愁天上，埋忧地下。"诗人在此用反意，说自己不信苍天会长久昏醉而让清人统一中国，坚信明室江山定有复兴之日。第五句用汉乐府"中庭生旅谷，井上生旅葵"句，暗示平民在这场战争中遭受的痛苦，第六句用秦代东陵侯邵平沦落至卖瓜的典故表明当时的时势对于贵族也是浩劫。最后点明清军的势大与自己无处安身的苦楚，直抒孤愤，慷慨而悲凉。

过淮阴有感 (其二)

吴伟业

登高怅望八公山，琪树丹崖未可攀。
莫想阴符遇黄石，好将鸿宝驻朱颜。
浮生所欠只一死，尘世无由拾九还。
我本淮王旧鸡犬，不随仙去落人间。

吴伟业（1609—1672），字竣公，号梅村，别署鹿樵生、灌隐主人、大云道人，汉族，江苏太仓人。吴伟业曾与钱谦益、龚鼎孳并称"江左三大家"，又为娄东诗派开创者。长于七言歌行，初学"长庆体"，后自成新吟，后人称之为"梅村体"。崇祯年间，吴伟业中探花，深受皇帝礼遇，明亡后没能殉国，故常怀羞惭。康熙十一年，作者应朝廷之诏赶赴京城，途经淮阴，有感而作此诗。

全诗大意：满怀惆怅登高遥望八公山，玉树红崖无法攀登。不要再想遇仙人传授兵法，只想学那些道术颐养天年。回首平生所欠唯有一死，尘世间无从得知如何炼丹。我本是淮南王旧时的鸡犬，未能随之流落人间。

此诗以淮南王刘安升天的故事为依托，写出自己出仕清朝的自责忏悔之情。明崇祯皇帝自缢身亡后作者也曾痛饮自缢，以报效明朝隆恩，但并未成功。这次清朝征召，他又不敢拒绝。带着痛苦而复杂的情感登高望远，想到刘安羽化升天的传说，想到自己也曾有过服食求仙的追求，然而今天被迫仕清，做出了背叛明朝的事情，承受了内心莫大的屈辱。吴伟业一生的清明就为仕清所累，他仕清后也是痛心疾首、凄凄惶惶，一直在"失节"的重压之下抑郁不堪，其中的凄苦惶恐实非别人能够体会得到。这首诗最精彩的地方体现在作者对于自己情感的抒发，诗中作者借事抒情，真实地描绘出自己内心的矛盾和困苦，感情表达深沉而浓烈。此诗苍凉凄楚，是本我与自我的分裂与斗争，失落与自愧的痛苦交织，感染了后世许多有相同境遇的人。正如作者本人所说："吾诗虽不足以传远，而是中之寄托良苦，后世读吾诗而知吾心，则吾不死矣。"

湖上杂诗

袁　枚

葛岭花开二月天，
游人来往说神仙。
老夫心与游人异，
不羡神仙羡少年。

袁枚（1716—1798），字子才，号简斋，晚年自号仓山居士、随园主人，钱塘人。清朝乾嘉时期代表诗人、散文家、文学评论家和美食家。乾隆四年进士，授翰林院庶吉士。乾隆七年外调江苏，先后于溧水、江宁、江浦、沭阳任县令七年，为官勤政，颇有名声，奈仕途不顺，无意吏禄；乾隆十四年辞官隐居于南京小仓山随园。嘉庆二年去世，享年八十二岁。袁枚三十三岁时父亲亡故，便辞官回家养母，悠闲地在随园生活近五十年。此诗便写于这段时间。

全诗大意：葛岭的花都在二月开放，一路上游人络绎不绝，都说想做神仙，而我的心境却与他们不一样，并不羡慕神仙，只是羡慕那些少年。

最初了解袁枚，是通过《苔》这首诗："苔花如米小，也学牡丹开。"这位清朝才子对于苔这种微小的事物有自己独特的见解。今天这首诗，是和《苔》截然不同的风格。这首诗借景抒情，诗人采用对比的手法写出了自己对于年轻的希冀。早年袁枚在仕途上十分顺遂，但父亲亡故后，为了赡养自己的母亲，他辞官回家。从他对于生活的态度来看，他是一个十分积极向上的人，即便放弃自己的理想，他也十分讲究生活情趣。他爱金陵灵秀之气，在他任江宁县令时，在江宁小仓山下以三百石购得随园。虽然他颇具生活情趣，但在看到年轻人的时候，还是会回忆起自己朝气蓬勃的时光。青春是无比珍贵的，但韶华易逝，"不羡神仙羡少年"流露出作者的无奈与惋惜之情，同时又表达出他对青春的渴望，希望自己还有精力去做一些有意义的事情。

杂　感

黄景仁

仙佛茫茫两未成，只知独夜不平鸣。
风蓬飘尽悲歌气，泥絮沾来薄幸名。
十有九人堪白眼，百无一用是书生。
莫因诗卷愁成谶，春鸟秋虫自作声。

黄景仁（1749—1483），字仲则，又字汉镛，自号鹿菲子，江苏武进人，乾隆年间最为特殊的诗人。黄景仁家世贫寒，一生坎坷，在世间只度过了短短的三十四年春秋，却留下一千多首优秀的诗篇，在后世影响极大，如郁达夫等人都以其为诗学典范。黄景仁的诗风或横放纵恣，或绮丽缠绵，或清朗秀逸，皆自肺腑而出，多描写其怀才不遇的世路感慨与敏感的诗人情怀，在反映心灵的广度与深度上都取得了很大的成就。

全诗大意：曾经的求仙求佛之路都没有走成，现在只有在深沉的夜晚独自发出不平的悲鸣。生如蓬草般飘转，早就没有了当年的慷慨悲歌之气，心事早已消沉却不料惹来薄幸寡情的名声。在这世间，十有九人都值得白眼相向，而最没有用的无过于书生。千万不要忧愁这些诗句会一语成谶，君不见那些春鸟秋虫正在自由地发出自己的响声。

此诗开篇两句即奠定全篇基调。以求仙求佛来代指诗人在人世间的追求，诗人以极端惆怅的笔触刻画出此诗极度黯然的心境。"不平鸣"出自韩愈《送孟东野序》，其中说道："大凡物不得其平则鸣。……人之于言也亦然。有不得已者而后言，其歌也有思，其哭也有怀。"如是，全诗皆是诗人"不平"心绪的写照。三四句则回顾年来境遇的变迁，语句沉痛，而悲怀莫名。每句上下部分间都构成强烈的冲突，愈显转折，更现不平。其中第三句写无法掌握的命运以及渐渐消弭的壮志，第四句忆及情场的浮沉与感慨，隐用宋代僧人道潜的"禅心已作沾泥絮，不逐春风上下狂"及唐代诗人杜牧的"十年一觉扬州梦，赢得青楼薄幸名"。第五句以魏晋名士阮籍的典故来表达对世态的绝望，而第六句则自铸伟词，又与前句形成精妙的对仗，道尽坎坷书生的愤懑，语意中充斥着自嘲与无奈。饶是如此，最后两句的意绪还是趋于高扬，尽管书生无用，历尽坎坷，诗人还是表示要如春鸟秋虫般唱出自己的歌。这是极为难得的文化自觉，是对自身使命的倔强坚守。诗人这种建立在对生命底蕴深刻思考基础上的反思，更透露出难掩的自信与耐人寻味的乐观。如果说黄景仁诗风学习李白，那么这首诗就得李白诗中乐观气息的一脉真传，并且更有厚味。

癸巳除夕偶成 (其一)

黄景仁

千家笑语漏迟迟，
忧患潜从物外知。
悄立市桥人不识，
一星如月看多时。

此诗作于乾隆三十八年癸巳除夕（1773）。诗人穷愁寂寞，在世间的一片欢腾声中，显得忧思丛集。

全诗大意：此时此刻，千家万户的笑语声正从四面八方传来，哪怕时间已然流逝。而时局的危急正暗暗奔袭而来，只有从物象之外才能感知到。我在这里没有人认识，悄悄地站立在市桥上，恍若世外之人，看那星星如月，已持续多时。

黄景仁写此诗时，还处于所谓的乾隆盛世。在繁花簇锦的盛世背后，实际上百弊丛生，败相已现。官场贪污横行，百姓饥寒交迫。黄景仁长期生活在社会下层，加之富有诗人的敏感，对此繁华背后的破败早已洞察于心。诗中处处充满着对比。首先，以千家万户的欢乐气氛，对比诗人悄立市桥的孤寂形象，使欢乐更显欢乐，而孤寂更呈孤寂。其次，以"笑语"来对比"忧患"，在这层对比中，"笑语"已化为背景式的存在，而"忧患"着力呈现世情本色所在，且世人多不留意于此，使得忧患更成其为忧患。

此诗透露出诗人浓厚的忧思，其高明之处在于没有从正面谈论忧思，更没有去说明此为何种忧患，此忧患又有怎样的危害，仅以除夕之夜在千家笑语的背景中呈现出的独立市桥的孤漠形象，已足给人以巨大的感染与启发。全诗用语看似平淡，但其内蕴含蓄深厚，将诗人的人生苦闷与世事忧思渲染得极为到位。

癸巳除夕偶成（其二）

黄景仁

年年此夕费吟呻，
儿女灯前窃笑频。
汝辈何知吾自悔，
枉抛心力作诗人。

除夕之夜，新春佳节，诗人独自一人在江边桥上回忆过去，感叹今朝，不禁灵感迸发，回家写下《癸巳除夕偶成（其一）》。而此诗则是诗人在写作时面对儿女的窃笑有感所作。全诗情感基调与其一大同小异，皆以忧愁为主，但所忧之事却大不相同。此诗多了几分自嘲，而少了几分对国家安定的忧虑。

全诗大意：诗人回家后连忙作诗，废寝忘食，对诗的每一字每一词都细细斟酌，反复推敲，力求完美。但年幼无知的儿女却在灯前窃笑，感叹父亲在除夕之夜都不停歇，又在朗诵作诗。

诗句虽朴实无华，但描写却十分生动，充满画面感。"吟呻"二字充分描绘出诗人作诗时的认真场景，而"窃"字又非常形象地刻画出孩子们窃窃私语，偷笑父亲时的神态动作。用词恰到好处，使画面生动形象地浮现在读者脑海中。

如果说前两句重在叙事，而后两句就重在抒情。表达了诗人心中的感叹——叹自己的人生；叹自己为何选择成为一名诗人；叹自己枉费心力却一无所用。此处真正抒发了诗人的心声，他不甘做一名只会作诗抒发自己抑塞愤懑之气的诗人，他内心希望报效祖国，希望自己成为一名可以治国安邦之士，做一个真正有用的读书人，发挥他的才华，完成他的志向。

全诗叙事抒情互相结合，通过叙事引出他的怀才不遇、壮志难酬之情。水到渠成，自然连贯，缓缓将读者带入诗人的思绪中，令人印象深刻，回味无穷。

都门秋思（其三）

黄景仁

五剧车声隐若雷，北邙惟见冢千堆。
夕阳劝客登楼去，山色将秋绕郭来。
寒甚更无修竹倚，愁多思买白杨栽。
全家都在风声里，九月衣裳未剪裁。

乾隆四十一年（1776），诗人为生计家室温饱，赡养高堂，被迫赴京应试，虽名列二等，得偿所愿，长安米贵，生活不易，诗人还是无法依靠微薄的俸禄供养家人，最终困顿潦倒的他于乾隆四十二年（1777）写下了这首充满愁苦意味的诗。

全诗大意：街市上的车声如雷声般响亮，北邙山上只能看见座座荒坟。这时的夕阳仿佛在劝我登楼，远处的山色正绕着这城市。已经苦寒到了极点还没有修竹可倚，愁绪过多想到去栽白杨。全家都在寒风中受冻，可现在冬天的衣服还没有准备。

全诗的一字一词都渗透了黄景仁对生活的绝望，对现状的忧愁苦闷，溢满了他压抑的情感。诗的开篇描绘了长安城中热闹繁华的景象，将达官贵人马车车轮在街道滚动的声音比作空中阵阵的雷声，与北山上的荒坟密布、一片萧条形成鲜明的对比，充满讽刺意味。诗人意在借古讽今，借古时汉魏王朝的凄凉下场讽刺当今王朝的黑暗，讽刺当今统治者的识人不清、宠幸奸臣，讽刺当时不良的社会风气、贪污腐败，讽刺长此以往眼前的繁华终会成为过眼云烟。第二句同样写景，但是主要写登楼远观时所见的秋景。借景抒情，借夕阳暮色下的秋景，抒发了诗人内心的苦闷，希望通过登高远眺，得以安慰。第三联运用了借物寄情、用典的手法。"寒"是借用杜甫的诗《佳人》中的"天寒翠袖薄，日暮倚修竹"。而"甚"则表明超过，体现诗人的愁绪已超过了杜甫笔下的佳人。"白杨"因其叶被风吹过时的声音似有人在呜咽而被用于寄托愁苦之情。诗人希望多栽白杨是想通过它们向天下诉说自己道不尽的愁丝。尾联则点明现实，实写如今诗人的凄惨现状，穷困到无法购置足够的布料为家人准备过冬御寒的衣物。透过诗人也可以预见当时的普通百姓饥寒交迫的生活条件，当真是"朱门酒肉臭，路有冻死骨"。

己亥杂诗（其五）

龚自珍

浩荡离愁白日斜，
吟鞭东指即天涯。
落红不是无情物，
化作春泥更护花。

龚自珍（1792—1841），字瑟人，号定庵，浙江仁和（今杭州）人，道光年间著名的启蒙思想家，更是一位才情盎然的诗人，在近代文学史上有着重要的影响。道光己亥年（1839），龚自珍因故离京返乡，于路上"忽破诗戒"，在这一年共写诗三百一十五首，命名曰《己亥杂诗》，成为中国诗史上罕见的大型组诗。诗人的生涯回顾、忧世伤时、艳情绮怀等心态都在这组诗中有细密的体现。

　　全诗大意：在白日西沉之际，我满怀离愁离开了京城。对我来说，出了城门，马鞭所指之处就是那无边的天涯了。我现在的状态就如那满地落红，虽不能如往昔绽放，但也不是无情之物，一定会化作春天的泥土，滋养出那些新鲜的花朵。

　　此诗是龚自珍人格的化身，龚氏的心态于其中尽现。首句写的是无边的离愁，因为此次离京是缘于权贵迫害，要告别寓居多年的京城与故交挚友，且不知何日归还，难免有离愁萦怀。诗中却没有一丝衰飒之气，如第二句所言，离开京城固然是远走天涯，同时也意味着投奔了辽阔的自由，再没有复杂的人事倾轧与反复的公文簿书的困扰。如此，离京的忧愁与返乡的喜悦共同编织成诗人此时最真实的心境，诗人以遒劲之笔将其表露无遗。后两句将自己此后的人生定位比喻为落花，表示虽离开权力中心，但也不忘初心，仍要为社会尽一份力。在反用陆游的词"零落成泥碾作尘，只有香如故"的基础上，将原句意境提升到了很高的层次，由文人的孤芳自赏转变为志士的不屈奋发。

己亥杂诗（九十六）

龚自珍

少年击剑更吹箫，
剑气箫心一例消。
谁分苍凉归棹后，
万千哀乐集今朝。

龚自珍出身名门，少年聪颖，卓尔不群，气概高远，常欲在败象已露的清王朝中有一番振作。不料步入仕途后长期沉沦下僚，埋首故纸，在寻章摘句后度过大半生。此时蓦然回首，少年时的志向早已不可追寻，只有默默品味生活的万千滋味。

　　全诗大意：少年时期，我既能击剑，又会吹箫。后来，心绪消沉，再没有如此兴致。谁又能料到，我带着极其苍凉的心境回到家乡，昔年的苦乐突然一起涌上心头。

　　龚自珍诗词中，常常说剑说箫。除此诗外，还有"怨去吹箫，狂来说剑，两样销魂味""一箫一剑平生意，负尽狂名十五年"等。"箫"与"剑"在其话语系统中已成为理想与诗性的代名词，是无趣乏味的现实生活中的寄托与慰藉。此首诗就透过其击剑吹箫的兴致来展示其一生情怀的变迁。先是热衷此事，极富少年意气；而后心如死灰，于此不再问津。最后两句则以看似愁苦又散露出欣喜的态度，宣告少年时蕴藏于心的情怀没有消逝，与上句形成强烈的对比。这其中，包孕着人生苍凉的感喟，更有诗性心灵尚在的庆幸。龚自珍的诗词，看似清俊洒脱，其中实则蕴含着深厚的意味与广阔的阐释空间，此诗便是例证。

图书在版编目（CIP）数据

多少事欲说还休 / 吕文秀编著. — 北京：中国文史出版社，
2020.7

（中华好诗词·咏怀卷）

ISBN 978-7-5205-1518-4

Ⅰ. ①多… Ⅱ. ①吕… Ⅲ. ①古典诗歌–鉴赏–中国

Ⅳ. ①I207.2

中国版本图书馆 CIP 数据核字（2019）第 241943 号

责任编辑：卢祥秋

出版发行：中国文史出版社

社　　址：北京市海淀区西八里庄 69 号院　　邮编：100142

电　　话：010-81136606　81136602　81136603（发行部）

传　　真：010-81136655

印　　装：北京新华印刷有限公司

经　　销：全国新华书店

开　　本：720×1020　1/16

印　　张：20.75　　字数：111 千字

版　　次：2020 年 7 月第 1 版

印　　次：2020 年 7 月第 1 次印刷

定　　价：58.00 元